ことのは文庫

鎌倉硝子館の宝石魔法師

雨の香りとやさしい絆

瀬橋ゆか

MICRO MAGAZINE

CONTENTS

鎌倉硝子館の宝石魔法師

雨の香りとやさしい絆

第一話・アパタイトとペトリコール

　これから一雨来ることを予感させる、独特な空気の匂い。土がわずかにけぶったような少し甘い香り。風に乗って届いてきたその匂いにふと頭上を見上げれば、空には薄く雲がかかっていた。

「今日って傘、持ってたっけな」

　小町通《こまちどお》りの横道に入り、私は歩きながらスクールカバンの中を探ろうと試みる。基本的に折り畳み傘は持ち歩いているはずだけれど、持っていない時に限って雨が降るのは結構あるあるだ。

　にしても、我ながらカバンの中がだいぶひどい。色んなモノを詰め込んでいないと不安なタイプなのが災いして、カバンの中がぎゅうぎゅうすぎる。

「うわこれ、あったとしても一番下かな……」

「桐生《きりゅう》さん？」

　完全に無防備な状態で教科書をかき分けていたところに、肩を軽く叩かれて。慌てて振り返ると、見覚えのありすぎる人物が両手を軽く上に挙げた状態で硬直して立っていた。

「あ、蒼井《あおい》くん!?」

「……ごめん、驚かせるつもりはなかったんだけど」

やや茶色がかったさらさらの前髪の隙間から、綺麗な二重瞼《まぶた》を有した瞳が、申し訳なさそうにこちらを見る。

通った鼻梁《びりょう》に薄い唇、十人が見たら十人「顔がいい」と言うに違いない、向かうところ敵なしの美少年。高校の夏仕様制服の淡いブルーのYシャツと紺色のズボンという恰好がこれでもかというくらい似合っている男子高校生。

蒼井悠斗《ゆうと》くん、十六歳。さっきまで同じ教室にいた、我がクラスメイトくんだった。

「ああいや、こっちこそごめん。完全に気抜いてた」

中身がごちゃごちゃのスクールカバンをぱっと後ろ手に隠しながら、私は「ははは」と誤魔化《ごまか》し笑いをする。一方の蒼井くんは軽く首を傾《かし》げ、私の背後を不思議そうに見遣《みや》った。

「どうしたの？　何か捜し物？」

「あ、うん、そう、ちょっとね。今日傘持ってたかなと思って」

「傘？」

目を瞬《しばたた》かせ、彼は頭上を振り仰ぐ。

「今日、雨降るっけ？」

「ううん、確か晴れのち曇《くも》りとかだった気がするんだけど」私は今朝見た天気予報を思い出しつつ、恐々《こわごわ》と続ける。「ちょっと雨降る前の匂いがする気がするなー、と思って」

「雨降る前の匂い？」

蒼井くんは空気を吸い込み、ややあってから「ほんとだ」と目を丸くした。

「確かにすんね、土っぽい匂い。今気づいた」

「にわか雨かな、梅雨近いし」と続けながら彼は目を細める。

季節は六月に入ったばかりで、梅雨の到来はまだあともう少しだけ先だけれど。空気は少しずつ湿気を含み始め、ひたひたとその時期が迫っているのを感じる。雨が多くなってきているのもその兆候《ちょうこう》かもしれない。

「桐生さん、鼻いいね」

「へへ、そう？　結構好きな匂いだからかも」

蒼井くんと並んで歩きながら、私は彼から見えないようにカバンを傾けつつ傘を捜す。鶴岡八幡宮《つるがおかはちまんぐう》の鳥居が道の終着点に見える、段葛《だんかずら》の大通りへ足を踏み入れかけたところで、やっとお目当てのものは見つかった。

「お、あったあった！」

シンプルで黒い、撥水《はっすい》性バッグンの折り畳み傘。これがあれば安心だ。

「よかったね、見つかって」

「いやー、入れたかどうか記憶になくて。よかったよかった」

ほっとしながら傘をすぐ手に取れる位置にしまっていると、隣で蒼井くんがニヤリと笑った。

「桐生さん、雨降ってる時に限って傘持ってないとか結構ありそう」

「よ、よくお分かりで」

「なんかそんな感じするから」

「そんな感じってどんな意味だ」とは思いつつ、目の前の蒼井くんの悪戯《いたずら》っぽい笑顔を見て、私は口をつぐむ。これは完全に揶揄《からか》われている。

「そういう蒼井くんは……」

「俺はいつも持ってるから大丈夫」

「ですよね、だと思いました」

持ち物ですら完璧か。その綺麗な顔を見つつ、私は内心でも肩を落とす。彼には女子力でも完全に負けているような気がしてならない。

「うん。だから、困った時にはいつでも言って」

「ん？　蒼井くん、そんないくつも傘持ってるの？」

人に貸せるくらい余裕があるということか。流石《さすが》に用意が良すぎないかと思いつつも、慎重派の蒼井くんならあり得る話だ。学校にも、予備の折り畳み傘を置いてるとか。

流石だねと言おうと顔を上げると、蒼井くんは何故《なぜ》だか目を片手で覆《おお》って俯《うつむ》いていた。

「蒼井くん？」

「……誰か、俺を沈めて欲しい……」

「し、しず？　なんて？」

何やら意味の分からないことをぶつくさ言い始めた彼に戸惑《とまど》いつつ聞き返すと、彼は「うん、まあいいや」とため息をつきながら顔を上げた。

「行こっか、仕事」

「あ、うん！」

私は頷《うなず》き、歩く速度を速めた彼の後ろを慌てて追いかける。なぜなら、私たちの目的地は同じだから。

話しているうちに鶴岡八幡宮の近くまで来ていたから、その『店』はもうすぐそこ。

――『硝子館《ガラスかん》　ヴェトロ・フェリーチェ』。

私にとってはアルバイト先、蒼井くんにとっては家族が営む特別な店へ向かって、私たちは先を急ぐのだった。

その店は、鎌倉の有名な神社、鶴岡八幡宮のほど近くにひっそりと佇《たたず》んでいる。

建物の外壁に埋め込まれた、店名が刻まれた銀色のプレート。その横にある、ダークチヨコレート色のどっしりとしたアンティーク調の扉。扉の上部分に嵌《は》め込まれたステンドグラスが常に密《ひそ》やかな煌《きら》めきを放つ、瀟洒《しょうしゃ》な薄茶色の煉瓦《れんが》の洋館だ。

「桐生さん、次これ磨くの手伝ってくれる？」

「はーい、ただいま！」

店の照明を受け、星の瞬《またた》きを秘めたように煌めくガラス細工の雑貨の数々。店に入って少し廊下を進んだ先の天井には、クリスタルガラスのシャンデリアが優雅な輝きを放ち、床にはシックなワインレッドの毛足の長いカーペットが敷き詰められている——そんなお洒落《しゃれ》なガラス雑貨店『硝子館　ヴェトロ・フェリーチェ』の店内で、私は蒼井くんの指示のもと、ばたばたと動き回っていた。

「更紗《さらさ》、ちょっとよろしいですか」

「ん？　どしたの、ティレニア」

店の最奥、レジカウンターの上に座り込んだ黒猫から声をかけられ、私はしばし足を止めた。

「もう少しこちらへ」と招き猫よろしく、ちょいちょいと彼は前足を揺らす。私が側へ歩み寄ると、彼は澄んだ海色の宝石みたいな瞳をくるりと瞬かせ、声を潜めた。

「あのう、最近悠斗と何かありました？」

「え？　特に何もないと思うけど……」

何の質問だと聞き返そうとする私の前で、レジの後ろにある焦茶色の扉がガチャリと開く。

「やあ更紗さん、いらっしゃい」

落ち着いた動作で扉を閉めながら、優しい笑みを浮かべる長身の男性。我らが店長の登場に、私は慌てて頭を下げた。

「隼人《はやと》さん！　お疲れ様です」

蒼井隼人さん。心地よい声をお持ちで、整った顔に浮かぶ爽やかで如才《じょさい》ない笑みがトレードマークの、とても人間ができた人だ。彼が怒ったところを、私は一度も見たことがない。

ちなみに私は、未だに彼の年齢を知らない。甥《おい》の蒼井くんは実年齢よりも大人びて見えるけれど、この人は逆に実年齢よりも明らかに若く見えるタイプのように思える。二十代後半と言っても断然通じるだろう。

「いやー、お疲れ様は更紗さんのほうだよ。今週連勤でしょ？　大丈夫、無理してない？」

「いえ全然！　むしろありがとうございます」

先月から働かせてもらっているこの硝子館でのバイトは、とてつもなく待遇がいい。それはこの店で表向き扱っているガラス細工の単価の高さとリスクもあるのだが、何よりこの店の『本当の仕事』がだいぶ特殊であることが大きかったりする。

「やー、誰かさんたちにも見習って欲しいよほんと。なあ、ティア？」

　私の背後から伸びてきた手が、ティレニアの頭の上に軽く乗る。振り返るとそこには隼人さんと同様、細身の黒いズボンにネイビーの無地Yシャツという店員服姿の蒼井くんが立っていて。

「ほう？　誰かさんたちとは、一体どなたで？」

「自分の胸によーく聞いてみな」

　わざとらしく首を捻《ひね》る黒猫を見下ろし、目を細めて声を低くする蒼井くん。

「最近、ティアも叔父さんもサボりすぎ。俺と桐生さん置いてすぐどっか居なくなるし」

「店員このメンツしかいないのにさ」と言いながら、彼は深々とため息をつく。一方のティレニアと隼人さんは互いの顔を見合わせ、揃《そろ》って首を傾げた。

「それは心外ですね」

「精一杯協力してるつもりなんだけどねえ」

「どこがだよ……」

　やいやいと賑《にぎ》やかに、そんなやり取りが始まる。これがいつもの、この店の光景だ。

　喋《しゃべ》る猫は当たり前、店員は四人のこのお店。黒猫が話す時点で十分に摩訶不思議《まかふしぎ》なのだけど、ここでの本当の仕事はそれ以上に不思議だ。

その、不思議な仕事というのが――

「おや、早速メンテナンスのお客様かな」

硝子館の扉がギイと開く音を聞きつけて、隼人さんが歌うように呟《つぶや》く。

そう。この店には、『メンテナンス』が必要なお客さんが訪れてくる。

その、傷ついたお客さんの『心の宝石』をメンテナンスすること。

それが、このお店の本当の仕事なのだ。


人は誰しも、心に宝石を持っている。

それはガーネットだったり、ラブラドライトだったり。はたまたインペリアルトパーズだったりパンプキンダイヤモンドだったりと、その種類は人の心によって様々だ。何せ、その『心の宝石』は、持ち主の心の状態を表すのだから。

そんな特別な『心の宝石』を見て、鑑定することができるのが、この店を営む蒼井家の人々。本来なら血筋以外にその力を持つ人間は居ないはずなのだけど、元々は客で部外者だった私が、特殊な能力持ちであることが発覚して。それ以来私は、この店で仕事をさせてもらっている。

「お客様。よろしければこのタオル、お使いください」

どうやら外は大粒のにわか雨に見舞われたらしい。雨の雫をぽたぽたと滴《したた》らせるお客さんへ、隼人さんが白いタオルを差し出した。

「あ……あの」

おずおずと躊躇《ためら》うように、彼女は目の前のタオルを見遣る。

今日のお客さんは、どこか儚《はかな》げな雰囲気を纏《まと》った女性だった。優しそうで垂れ目がちな目の上には黒縁眼鏡、そして小さな鼻と唇。顔も小顔で、控《ひか》えめで楚々《そそ》とした感じの人だ。歳《とし》は十代後半から二十代前半くらいかも。

七分袖のブルーグレーのブラウスに同系色のチェック柄スカートに黒いパンプスという出で立ちの彼女の服の上にも、肩ほどまである真っ直《ます》ぐな黒髪から雫がにじみ出ていく。

「す、すみません。お借りしてもいいですか……?」

「ええ、もちろんどうぞ。そのための物ですから」

「あ、ありがとうございます」

ぺこぺこと頭を下げ、お客さんはタオルを手に取って真っ先に髪の毛を拭いた。

「……あれ?」

その仕草を見て、私は首を捻る。

「どした」

「ああ、いや、勘違いかも」

蒼井くんは観察力が鋭く、結構目ざとい。普段から人が呟いた言葉まで律儀に拾ってくれるのだ。

そんな彼に、確信が持てるまで下手なことは言うまいと、私はぶんぶんと首を横に振った。

「外、雨凄《すご》いですね」

「あ、あの、床濡らしてしまってすみません……」

「いいえ、全く問題ないのでお気になさらず」

隼人さんとお客さんの会話に、私と蒼井くん、そしてレジカウンターからしなやかに飛び降りた黒猫が揃って窓へ目を向ける。そこにはすっかり、バケツをひっくり返したかのような雨の飛沫《ひまつ》が広がっていた。

「こんなに降るなんて思ってなくて……やっぱり横着《おうちゃく》しないで、お昼に傘買っておけばよかった」

「おや。お昼ごろ、雨が降りそうな兆候でもあったんですか？」

隼人さんのにこやかな合いの手に、お客さんはなぜだか一瞬、顔を曇らせた。

「あ、ええと……な、なんでもないんです。すみません」

絶対になんでもなくなさそうな、小さな声。どうしたのだろうと思っていると、私の隣にいた蒼井くんが「ひょっとして」と口を開いた。

「雨が降りそうな匂いがした、とかですか？」

問われた瞬間、お客さんはぱっと顔を上げた。その目は見開かれ、驚きの色が浮かんでいる。

「ああ、ペトリコールのことかな」

ふむ、と目を細めた隼人さんがその表情のまま私を見る。

「そういえば、さっきちょうどその話題になったって聞いたよ。実にタイムリー……」

「あーはいはい、その話は今度。申し訳ございませんお客様、個人的な話になってしまって」

隼人さんの言葉を遮《さえぎ》った蒼井くんが、苦笑しながらお客さんに頭を下げる。すると彼女は、「い、いえ」と目を瞬かせつつ、おずおずと口を開いた。

「あ、あの……ひょっとして、雨が降る前の匂いって、やっぱりありますか？」

この質問の意図は、何だろう。「ひょっとして」や「やっぱり」の言葉がやたらと引っかかる。

「ありますね。土が少しけぶってふわっと香るみたいな匂い……ですよね？」

「そ、そうです！」

隼人さんの柔らかな返しに、お客さんは少し前のめり気味に頷く。

「あの、それがさっき仰《おっしゃ》ってた『ペトリコール』ですか？」

「ええ、そうです。ちょっとかわいい響きですよねえ」

そうのほほんと頷く隼人さんは無邪気で、だけどやっぱり物知りだ。まさかあの匂いに、名前がついていたなんて。

「そうですか……ペトリコール……」

しばらく何かを考え込むような様子を見せていたお客さんは、もう一度ぼそりとそのワードを繰り返した。

「……あ、すみません。なんかこう、不思議で。名前がついてるってことは、その匂いはちゃんとあって、感じるのは変じゃないってことですもんね」

一拍置いたあと、はっとなったように彼女は顔を上げてぱたぱたと手を振り、「教えてくださってありがとうございます」と微笑《ほほえ》んだ。手持ち無沙汰《ぶさた》にタオルを折りたたみ始めた彼女のもとへ、蒼井くんはすっと流れるような動作で手を差し伸べる。

「あ、よかったらそれお預かりします」

「すみません……ありがとうございます、凄く助かりました」

「いえいえ。もう大丈夫ですか？　お風邪をひかれてはいけないので」

「あっはい、だだだ大丈夫です！」

蒼井くんにタオルを差し出した手をひっこめ、お客さんがもの凄い勢いで何度も首を縦に振る。その頬と目元にはうっすらと紅色が滲《にじ》んでいた。

モデル顔負けの美少年がとびっきりの笑みを浮かべながら、心底心配そうな口調で気遣ってくれるのだ。そんなものを真正面から近くで食らったら、その破壊力は計り知れない。そしてそれでこそ蒼井くんというところでもあるが、彼自身もそれを自覚してやっている。まさに策士。

「いつもながら、見事な……」

てしてしと私のブーツを前足でつつくティレニアを抱き上げつつ、私は呟く。彼が足元をつついてくるのは、「話すことがあるから耳を貸せ」の意味だ。

流石に黒猫が大っぴらに話しているのがバレるといけない、びっくり仰天ニュースになってしまう。やろうと思えば自分自身の姿を他の人には見えないようにすることも出来るらしいけれど、彼曰く「疲れるから必要な時しかやりません」とのことで。基本的に通常時はこの黒猫姿が彼のデフォルトだ。

「いやはや、いっそのこと感心しますね、まったく」

青い瞳の黒猫が、小声で囁《ささや》きながらやれやれと首を振った。

「他人事だとあんなに余裕だというのに、どうして自分の事となると不器用なんでしょうかね」

「ん？」

「いえ何でも。独り言です、独り言」

何やら随分意味深な調子の独り言だ。首を捻りつつそっと話題の中心である蒼井くんとお客さんの方を見ると、当の彼は「よろしければ雨が落ち着くまでゆっくりどうぞ」などとお客さんを案内しているところだった。

「例えばこういうものもあるので――」

彼は万華鏡を手に取り、器用に筒の中から万華鏡の模様を織りなす中身を取り出してお客さんに見せる。遠目にも、彼の手のひらの上でクリスタルガラスと宝石がきらきらと煌めいているのがよく分かった。

あの、万華鏡は。

ちょうど一ヶ月ほど前に私がここを訪れた時、彼が見せてくれたものだ。まだあの時はここでアルバイトをすることになるなんて、夢にも思っていなかったっけ。

「それにしても『ペトリコール』とは。久しぶりに聞きました」

「ティレニアも知ってたんだ、流石だね」

改めて、この硝子館の面々は物知りだ。感嘆の意を込めて腕の中の黒猫を見ると、彼はゆるりと尻尾を揺らめかせつつ、「伊達《だて》に長生きしてませんからね」とドヤ顔をした。猫はドヤ顔をしても可愛いからずるい。

「語源はギリシャ語。『石のエッセンス』を意味する造語です」

「へぇえ……」

なんでも、乾いた土に雨が降ったばかりの時に匂う香りをそう呼ぶのだという。私が雨の前の予兆として嗅いでいるあの匂いは、どこかで降った雨が地面に落ち、そこから立ち上ってきた香りが空気に乗って運ばれてくるらしい。全然知らなかった。

ペトリコール――『石のエッセンス』。なんだかこの『硝子館』の『裏の顔』にしっくりと来るワードだ。

そうだ、石と言えば。

先ほど店に入って来たばかりのお客さんの行動が引っかかっていた私は、改めてそっと彼女の方へ目を向ける。

そう、不思議なのだ。もし傘がなくて突然の雨に降られたならば、髪だけではなく眼鏡にも雫は滴っているはず。そして雫が眼鏡についていれば、視界が遮られて不自由な思いをするはずだ。

なのに彼女は眼鏡を気にするそぶりは一切見せず、服や髪だけをタオルで拭いた。

まるで、眼鏡など最初から存在しないかのように。

「更紗、どうしました？」

人の様子を把握《はあく》することに長《た》けた黒猫が、小首を傾げてこちらを見る。「もしかして」と思った私は、彼に向けて問いを口にした。

「ティレニア……あのお客さんって、眼鏡かけてる?」

事情を知らない人にとっては、きっと意味の分からない質問だ。けれどここ『硝子館ヴェトロ・フェリーチェ』では、この質問は意味を成すものになる。

「いえ、かけていませんね。……ということは、もしかして」

目を瞬いたティレニアが、ひくりと鼻を震わせる。私は彼と目を合わせて頷き、そっとお客さんへと再度目を向けた。

あの眼鏡。そう、眼鏡だ。

集中して目を凝《こ》らすうちに、私はふとそれについたモノに気付く。

「眼鏡のツルに、石がついてる……」

「流石だね、大正解」

不意打ちで後ろから爽やかな声がして振り返れば、そこには『青の箱』を手に持った隼人さんが立っていた。

「何の宝石か分かるかな?」

「ええと……すみません、ピンク色だろうなってくらいしか」

自分の不甲斐《ふがい》なさにしおれながら、私はお客さんの眼鏡のツルに嵌まっている『宝石』の色を見つめる。

そう、ティレニアに「かけていない」と言わしめたお客さんの眼鏡のツルには、小指の爪の先ほどの大きさの艶めいた石が嵌まっていたのだ。

まるで八重桜の色のような、とろみのある淡いピンク色の石。

ただしその石は、ぼうっとした陰のような黒いもやに侵食されかけていた。煤《すす》けたような模様の隙間から辛《かろ》うじて桜色の地が見えるけれど、素人の私には何の宝石なのかの判別が出来ない。

「全然『すみません』じゃないよ、上出来だね……っと、そろそろ雨止みそうだねえ」

隼人さんが微笑みながらウインクをこちらへ一つ寄越《よこ》し、お客さんと蒼井くんの方へと歩いていく。とてつもなく自然なウインクだったため、それと分かるまでに私の中の時が一回止まった。

蒼井家、揃いも揃って人たらしの才能がありすぎやしないだろうか。

「ユウくん、はいこれ」

叔父から『青の箱』を差し出された蒼井くんは、片眉を上げてすぐさまこちらへ視線を寄越してきた。問いかけるようなそのアイコンタクトを受け、私は無言で浅く頷く。

「……お客様、よろしければこちらを。お客様へプレゼントとしてお渡ししているものです」

「え」

「どうぞ、ちょっと開いてみてください」

優しく微笑みながら促《うなが》され、お客さんはおずおずと、差し出された箱の蓋に手をかけた。

陽が沈んだばかりの淡い夜空から取り出してきたような、群青色の美麗な箱。その艶めく地には金の蔓《つる》の装飾がところどころに施《ほどこ》され、夜空に瞬く星のような青い宝石がちりばめられている。

この店になくてはならない、重要なこの箱を、この店の人たちはみなこう呼ぶのだ。

――『青の箱』と。

表向きはガラス雑貨店として営業している、この『硝子館　ヴェトロ・フェリーチェ』。透明度の高い高級クリスタルの品々やガラス細工やランプシェード、チャームやちょっとしたアクセサリーといった手頃なものまで、様々なクリスタルガラスを使用した品物が店内に並ぶこのお店には、実は『本当の仕事』としてもう一つの顔がある。

人の心を救う、『宝石魔法師』の店という顔が。

「わあ……！」

『青の箱』の中にあるものを見て、お客さんが感嘆の声を上げる。

「こちら、お持ち帰りになってください。――桐生さん、これ頼んだ」

箱の中のものを取り出してお客さんに差し出しつつ、蒼井くんがひょいとこちらへ手招きの仕草を見せる。

「あ、はい！」

ティレニアをそっと床に下ろして箱を受け取った私は、邪魔をしないようにそこからそっと少し距離を取った。その瞬間、ちらりとお客さんの手の中にあるものが見える。

お客さんの手のひらには、十センチほどの大きさの『鍵』が載っていて。鈍く金色に光るアンティーク調の鍵のチャームで、鍵の持ち手部分には、一つの青い石が嵌まっていた。

グリーンとブルーの入り混じった、深みのある美しいネオンブルー。昼間の日の光に照らされながらきらきらとさざめく、南国の青く澄んだ海を思わせる石だ。

じっと見つめていると、自分も綺麗な海の底に吸い込まれていくような気持ちになってくる。

「あの、でもやっぱり、こんな高そうなもの……」

「皆さまにお渡ししているものなので、全然大丈夫ですよ。そもそもその石、商品としての品質の基準に足りなかったものを再利用しているものですし」

「そ、そうなんですか。じゃあ……ありがとうございます」

遠慮するお客さんにいつもの説明を笑顔のまま繰り出し、蒼井くんはあれよあれよという間に彼女を納得させた。

「もしも壊れてしまったらお直しや交換も無料で承《うけたまわ》りますので、ぜひいつでもまたお越しください」

「は、はい。ありがとうございます」

鍵をきゅっと手のひらに包み込みながら、お客さんが窓の外へ目を向ける。

「雨、ちょうど止んだみたいですね。よかった」

つられて外を見ると、先ほどまでの大雨が嘘のように静まっていた。やはりさっきの雨は通り雨だったらしい。

「あの、よかったら傘を」

また雨に降られたりしたら大変だ。店の扉に向かって歩き出すお客さんに慌てて傘を取ってこようとした矢先、「大丈夫です」という笑顔が返ってきた。

「この間にすぐ帰るので。今日は本当にありがとうございました！」

そしてそのままドアを開け、彼女は颯爽《さっそう》と店の外へ出て行く。雨が連れてきたお客さんは、それが止むと同時に忽然《こつぜん》と消えた。

「さてと。桐生さん、箱の中見せて」

そっとドアを開けてお客さんの姿を見送りつつ、雨は大丈夫だろうかと空を見上げていると。ふと肩を叩かれて振り返れば、さっきの微笑みはどこへやら、真顔になった美少年がそこにいた。いつもながら、器用な表情筋だ。

「ん。どうぞ」

言われるがまま、私は『青の箱』の蓋を開けて彼に見せる。そこには黒く煤けかけているピンク色の石が、黒いビロード生地に包まれた箱の内部で光っていた。

「なるほどな」

蒼井くんがぼそりと呟き、顔を上げる。

「今回の人の『心の宝石』、なんだか分かる？」

流石、叔父と甥。問いかけてくる質問がおんなじだ。

「うーん……」

私は『青の箱』の中の、先ほどのお客さんの『心の宝石の写身《ウツシミ》』を食い入るように見つめながら唸《うな》る。

――人というのは、誰しも心に宝石を持っている。

私は一ヶ月前、ここで蒼井くんにそう教えてもらった。

この店を訪れるのは、心に悩みを抱えた人たちだ。蒼井くんたち『宝石魔法師』の一族は、先ほどの『青の箱』を使えば、そのお客さんの心を『心の宝石』という形で見ることが出来る。

『心の宝石』とは、お客さんの心を反映した石言葉を持つ宝石。人の悩みや傷は『心』に作用し、傷つくたび、悩みを蓄積するたび、心――ひいては『心の宝石』は曇り、濁った色になっていく。

それを鑑定・メンテナンスするのが、『宝石魔法師』の仕事。

そして今、目の前の箱の中にあるのは、先ほどのお客さんの『心の宝石の写身』だった。

渡した『鍵』と引き換えに『青い箱』の中に出現する、お客さんの心の宝石と連動するコピーの宝石だ。心の状態が悪化すれば同じように色は濁るし、逆に良い方へ転ずればその色は綺麗になる。

「蒼井くんはもう分かったの？」

「一応鑑定終わるまでは断定出来ないけど、大体は」

蒼井くんはまごうことなき『宝石魔法師』の末裔《まつえい》で、彼は石全般にそもそも詳しい。だから、この目の前のピンク色の石に関してもどうやらすぐに分かったようだった。

「多分、女子なら一回は聞いたり見たりしたことある石だと思う」

「そ、そうなの？」

「……いや、うん、『女子なら』って言い方は乱暴だったな。ごめん」

蒼井くんは髪の毛をがしとかいたのち、「有名だからってみんながみんな知ってるって考えるのは違うしな」と肩を竦《すく》めた。

私は私で言われた言葉を反芻《はんすう》しつつ、黒い陰に侵食されかけている石の、柔らかなピンク色の不透明な部分を再び見つめる。

この店のメンバーの中で一番石に疎い私に、隼人さんも蒼井くんも初見で「分かるか」と聞いてくるほどの、有名な石。ピンク色で、女子なら一回は聞いたり見たりしたことがあって……。

いた。

「その顔は、分かったみたいだね」

にこやかな顔で隼人さんに促され、私は「多分、ですけど」とおっかなびっくり口を開

「あ！」

「ローズクオーツ……ですか？」

桜よりも濃い、たとえるなら八重桜色の石だとさっき思ったけれど。確かに、ローズ

――淡いピンクの薔薇《ばら》の色は、あの石の色をたとえるのにぴったりだ。

「そう、大正解」

ぱちんと指を鳴らし、隼人さんが頷く。

「ま、『心の宝石』の目星がついてても、念のため鑑定よろしくね、ユ……」

「分かったからユウくん呼びやめろ」

「あはは、まだ最後まで言ってないんだけどなぁ」

「はいはい、お二人ともそこまで」

ティレニアの凛《りん》とした声が、二人のやり取りに割って入る。彼は尻尾をてしてしと床に

はたきつけながら、「ちょっと失礼、現状確認を」と右手を上げた。

「僕には見えなかったんですけど……先ほどのお客様へお渡しした『護《まも》り石《いし》』は、今回何

だったんです？」

「ああ、今回はアパタイトだね」

打てば響くように、ティレニアの質問へ隼人さんがにこやかに答える。その会話を聞きつつ、私は先ほどのお客さんへ渡された『護り石』を思い出していた。

キーチャームに嵌め込まれた、綺麗なネオンブルーの石。それが、アパタイト。

あれが今回の、あのお客さんの『護り石』──心を救う手助けをするための石。

宝石魔法師は、宝石の力を借りて各宝石に意味づけられた『石言葉』の魔法が使える。

彼らの力に呼応《こおう》して、『青の箱』はこの店のお客さんへ渡すべき石を選定し、鍵のチャームの形で『護り石』はお客さんのもとへ渡るのだ。

つまり先ほどの女性は正真正銘、いま何かの悩みを抱えている、このお店のお客様ということで。

人間は、笑っていたとしても、その心も笑っているとは限らない。平気な顔をしているからといって、全く平気ではないことなんてたくさんある。

そうして少しずつ、心にわだかまりや傷が溜まっていって、ここに来る。

先ほど雨の匂いの話を私たちとしたあのお客さんも、そうなのだ。

「にしても、『心の宝石』が眼鏡の形で出てくるとはね。分かりづらかったろうによく気づいたね、更紗さん」

「いえ、そんなことは……隼人さんはとっくに気づいてらしたのに、すみません」

私にはいま、隼人さんと同じ能力がある。

それは、お客さんの体のどこかに、アクセサリーとして浮き出てくる心の宝石を見ることができるというもの。見えるのは『傷ついている人の心の宝石』のみだけれど、蒼井くんやティレニアには『青の箱』を使ってしか見えないその心の宝石を、私と隼人さんは箱を使わなくとも見ることができる。

だけど。今回もし雨が降っていなかったならば、私はお客さんの『心の宝石』に気づくのがもっと遅くなっていたに違いない。情けなさすぎる。

「謝る必要なんて、どこにもないよ」

ふわりと笑い、隼人さんがこちらを覗《のぞ》き込む。

「むしろよくやってくれ過ぎて、こっちからお礼を言いたいくらいだよ。もううち、更紗さんいないとやばいからさ。なんたってユウく……」

「叔父さん」

蒼井くんの声が隼人さんの言葉を遮る。なんだか心なしか、いつもより若干声が低い。

「ちょっとこっち来て」

「お、なになに秘密の相談？」

「……ほんとそのノリ、どうにかなんないの」

そんなことを言いながら、蒼井くんは隼人さんの腕を掴《つか》んでつかつかと店の奥の扉へと消えて行ってしまった。残ったのは、ティレニアと私のみ。

「い、行っちゃった」

結局、隼人さんが今言おうとしたことはなんだったのだろう。

「全く……いつもいつもすみませんね。僕からお詫び申し上げます」

「え？　どうしたの、謝ることなんて何もないよ？」

「いいえ。あるんですよ、これが」

「……？」

ティレニアの謎の言葉に首を捻っていると、彼は「それよりも」と言いつつ、こほんと一つ咳払《せきばら》いをした。

「先ほどのお客様の眼鏡、気になりますね。どうして今回は眼鏡のパーツとして『心の宝石』が出てきたんでしょう」

「そうだよね、そこを考えないと……」

そもそも私の目に映る、お客さんの『心の宝石』を宿した装身具には必ず意味がある。

なぜならば、それは何かしらお客さんの抱えている『悩み』に関わる場所に現れるからだ。

隼人さん曰く、それはお客さん自身のＳＯＳの一端でもあるらしい。

今回のお客さんで言うと、ローズクオーツが嵌まっていた眼鏡がそれにあたる。

「それにしても、ローズクオーツか……」

ふわりと淡く甘いピンク色の、紅水晶。さっきのお客さんの心の宝石はそれで、その心を救うための『護り石』が、アパタイト。そこまでは分かったけれど。今はその意味プラス、「なぜその場所にその宝石が現れたのか」も考えなければならなくて。

しばらくしてむすりとした顔の蒼井くんと、いつもの爽やかな笑顔の隼人さんが戻ってくるまで、私は悶々《もんもん》と考え込むのだった。

「あの、ほんとすみません、私までよかったんでしょうか……」

その週末の土曜日、北鎌倉駅《きたかまくらえき》からほど近く。懐石《かいせき》料理のお店で、私はすっかりかちこちに固まってしまっていた。

入り口から階段を上っていった先に広がる、数寄屋造《すきやづく》りの空間。天井には金箔が施されており、窓の外には近くのお寺が有する立派な池が広がっているという、優れた眺望が深い風情を醸《かも》し出す。

「うん、いいから連れてきたんだってば」

「こんなに驚かれるとは思わず……そんなに恐縮せずとも」

テーブルの向こう側には、涼しい顔で肩を竦める蒼井くんと、優雅に微笑む黒髪に碧《あお》い瞳の青年——人間姿のティレニアがいる。

なぜ、こんなことになっているのかといえば。

『僕の知人がね、明日お昼を予約してたお店に行けなくなっちゃったんだって。この時期の予約って取りにくいし、折角だからどうかって言われてね。更紗さん、明日の昼って空いてたりする？』

そう、昨日の金曜に隼人さんから連絡をもらった時は、目的地は特に知らされていなかった。『せっかく二人分の席なのに、僕は用事があって行けないし。無駄にするのも申し訳ないし、よかったらお願いできないかな』と切実な声で連絡をもらい、『わ、分かりました、私でよければ……！』と答えを返してしまったものの。

まさか、懐石料理のお店だったとは思ってもみなかったのだ。服装は果たしてこれで大丈夫だったろうかと、私は自分の服をそろりと見下ろしてみる。

普段あまり着ない余所《よそ》行《ゆ》きの、七分袖のぴたりとした黒いサマーニットにラベンダーグレーのオーガンジースカート。今日は雨なので、それに黒のショートブーツ。

念の為、せめていつものデニムなどのズボンではなくスカートを引っ張り出してきてよかったと、私は心の底でこっそり思った。

「そんなことより、最近少し気になっていることがあるんですが」

「き、気になってること？」

私は動揺おさまらぬまま、とりあえず落ち着こうと湯呑みを口元に運ぶ。

「最近、悠斗が学校から帰って来るのが前より遅くなってるんですよね。更紗、何か知りませんか？」

「だーから、それはクラスの奴と駄弁《だべ》るようになったからだってば」

「いえ、それならとても喜ばしいことなんですけどね。あまりにも悠斗は人付き合いがアレですし」

ゆるくウェーブのかかった、艶やかな黒髪。その顔を見て真っ先に思うのは「黄金比」という言葉だ。どこをとっても文句のつけどころのない彫りの深い顔立ちに優美な微笑みを湛《たた》えながら、ティレニアは「ねえ」と蒼井くんを横目で見る。一方の蒼井くんは、眉を顰《ひそ》めた不機嫌顔だ。

「アレって何、失礼すぎない？」

「だって事実でしょう？」

ティレニアがやれやれと首を振る。白い丸首のシャツに紺色のジャケット、黒いズボンというシンプルな恰好なのに、このままモデルとして雑誌に載っていたとしても違和感がないのは流石としか言いようがない。

ティレニアは硝子館を営む『宝石魔法師』の一族——つまり目の前の蒼井くんの先祖の代から彼の一族に仕える使い魔、というより妖精だ。だから言葉も話せるし、こうして人間姿になることもできる。

猫姿の時は大変可愛らしく、人間姿の時は誰もが見惚《みと》れる美しい青年。どっちを取っても違う魅力があり、完全に隙なしだ。隙なし妖精ティレニア、恐るべし。

「だから最近はちゃんと交流してるんだって」

ほんと失礼だなとぼやきながら、蒼井くんがむすりと腕組みをする。

グレーのリネンのYシャツに黒のズボン。シャツを七分袖に折ってたくし上げたその腕にはシンプルな文字盤の腕時計。気難しい表情でその仕草をすると、高校生というより大学生にしか見えない。

「と、悠斗は言ってるんですけどね。ほらこの人、学校と身内の前でだいぶ対応が違うでしょう？」

ティレニアの言う通り、学校では『王子』と女子のファンの中で呼ばれるくらい、穏やかで爽やかな人気者の優等生という印象の彼は、放課後そのイメージをガラリと変える。

一人称は「僕」から「俺」に。話し言葉も大分ぶっきらぼうで砕けたものに。顔の表情も、学校やお客さんの前では穏やかな笑みがメインだけど、それ以外の場所では仏頂面をして見せたり眉を顰めたり、かなり表情豊かなものに変わる。

まるでカラーチェンジする宝石のように、彼は印象を変えるのだ。

「ボロとか出して問題起こしてたりするわけじゃないですよね？」

「いやいやいや、そんなことは全く」

ティレニアの発言を受けてますます顔を顰《しか》める蒼井くんを前に、私は急いで首と頭を振る。

「むしろ相変わらず人気というか。確かに最近よく教室に残ってみんなと話してますね」

前は放課後の訪れを告げるチャイムが鳴るなり、いつの間にやら教室から消えていた蒼井くんだけれど。最近はよく、クラスメイトと話しながらゆっくり帰り支度をしている様子を見かける気がする。

だからなのか最近の放課後、私が硝子館に向かっているときに後ろから蒼井くんが追い付いてくる、という日も度々ある。前は蒼井くんの方が私よりも先に教室を出ていたので、それまでは起こりえない現象だった。

ちょうどこの前のローズクオーツのお客さんが来た日の放課後も、そんな感じで。

「おや、前は『人付き合いが面倒』などと言っていたのに、どういう心境の変化で？」

「……」

「『外面良くするのも波風立てないように行動するのも、結構疲れるんだよな』って前言ってましたよね？」

「……うるさい。もうこの話は終わり」

苦虫を噛み潰したような表情で、蒼井くんは話を畳みにかかる。

「ほら、そんなことより折角ご飯食べに来てるんだし」

「集中するならこっちでしょ」と続けながら、蒼井くんが手元のお品書きを指し示した。

どうやら、これ以上は触れられたくない話題らしい。その気配を感じ取ったのか、あっさりとティレニアも「そうですね」と微笑み、お品書きの文字を眺め始めた。

「ええとこれは、さ、さき……？」

そしてそこに書いてある文字が分からなかったのか、「何て読むんですかね？」と彼はきょとんと首を傾げる。問われても、実は私も分からない。

「先附《さきづけ》は本式の料理より前に出す、前菜みたいなもんだよ。向附《むこうづけ》はなますとか刺身の名称で、両方とも和食用語」

すかさず、すらすらと蒼井くんが涼しい顔で説明してくれる。

「蒼井くん、慣れてるね」

「あのおっさんにはいろいろ連れまわされてるから」

そう言いながら眉間に皺《しわ》を寄せる蒼井くん。あの爽やか美青年の隼人さんをおっさん呼ばわりできるのは、世界広しと言えどこの彼くらいだろう。

「悠斗、見栄を張るといつかボロが出ますよ。安心してください更紗、悠斗も懐石料理は初めてです」

「俺は『懐石料理を食べに行ったことがある』とは言ってない」

涼しい顔と声で言い、お茶を啜《すす》る蒼井くん。

「ま、そうですがね。とりあえず頑張って和食用語やらなんやらを覚えてきたことは褒めておきましょう。記憶力が大変よろしい」

「ティア、余計なこと言わなくていいんだけど」

蒼井くんが呆《あき》れ顔で隣のティレニアを見遣る。私は私で少し落ち着いてきたのはいいものの、改めて考えることが多すぎて頭を抱えていた。

個人的に、あのローズクオーツのお客さんのことがずっと頭のどこかに引っかかって仕方がないのだ。

なぜあのお客さんに『眼鏡』という形で『心の宝石』が出てきたのかも結局分かっていないし、何の悩みを抱えてあの硝子館に来たのかも、先日のあの時だけでは私には分からなかった。ここで呑気にご飯を食べていていいのだろうか。

「更紗。『呑気にご飯食べてていいのかな』って顔してますね」

図星を指され、私はピシリと椅子の上で硬直する。そんな私を見て、蒼井くんが「あ、図星だ」と肩を竦めた。

「つ、連れてきてもらってる分際ですみません……」

この人たち、こっちを全部見透かしている気がして怖すぎる。

「ま、折角美味しいものを食べに来ているのに、気もそぞろになってしまうのは良くないですね。先に更紗の懸念《けねん》を晴らしてしまいましょう」

そう言いながら、ティレニアが目を細めて微笑んだ。

「まず、基本的に覚えていてほしいことが一つ――『宝石魔法師』が動かなければならない時は、全てのことに必ず意味があるんです」

「必ず、意味がある……？」

「そうです。例えば今こうして僕らがここに居るのは、そもそも隼人がお知り合いからこのお店の予約席を譲られたから。こういう時は、必ず何かがあります」

と、言われても。何が何だか分からない。

「随分抽象的《ちゅうしょうてき》な説明だな」

「おや、でもこれ以上にどう説明しろと」

「まあ、確かに」

蒼井くんがあっさり肩を竦め、「そういうこと」と短く私の目を見て言った。

いつものことだけれど、もう少し情報を寄越してほしい。まったくもって分からない。

「さっぱりって顔してるね。じゃあもう一つ」

今度は蒼井くんがひょいと指を一本、立てて見せる。

「縁ってのは不思議なもんで。一回縁が出来るとまあ、それに連動することが起きるのさ。とにかくなるようになるってね」

ぜ、全然説明になってない……！

とは言いつつも、ここしばらく硝子館でアルバイトをしているうちに、私には骨身にしみて分かったことがあった。

はぐらかす物言いをしているときの硝子館の面々は、基本的にそれ以上は情報を付け加えてくれることはない。なぜならば。

「経験した方が分かりやすい、ってことかな……？」

「そういうこと。話が早くて助かるよ」

習うより慣れろ。よくそう言っている私のクラスメイトの男子が、目の前でにっこりと微笑む。

その笑顔は実に完璧で、学校の女子に『王子』と称され、密かに人気を誇っているのも頷ける。が。

その実は『実践あるのみ』がモットーの鬼畜《きちく》王子だ。そして、それに対抗する術《すべ》を持たない私。

「りょ、了解です蒼井先輩……」

「うむ、よろしい。ということで、意味があるからちゃんと食べて」

「わ、分かった」

そうこうしているうちに、料理が運ばれてきて。私たちはその盛り付けの美しさに感嘆しながら、早速料理に手を付けていった。

まずは先附の、筍《たけのこ》や蕗《ふき》などの旬菜を楽しめる木の芽和えに、上品な味わいの合鴨ロース。向附は先ほど蒼井くんが教えてくれた通りお刺身で、鮪《まぐろ》の赤身刺しだった。

「しかし折角の外出なのに、雨とは。この季節では仕方ないですが、少し残念ですね……特に、これから行くところでは」

カマスの塩焼きを味わいながら、ティレニアが窓の外へ目を向ける。彼の言葉通り、外では柔らかな雨が朝からずっと降り続いていた。

「これから行くところ？」

実は今日、特に何も詳細を聞かされていなかった（というかなぜか聞いても「当日のお楽しみ」とはぐらかされて教えてもらえなかった）私は首を傾げる。

「そ。どこに行こうとしてたか分かる？」

「……ひょっとして、明月院《めいげついん》？」

にっこりと悪戯っぽい笑みを蒼井くんに寄越された私は、恐る恐る自分の予想を述べる。

途端に彼はきょとんと虚《きょ》を衝《つ》かれたような顔をした。

「え、なんで分かった？」

「いや……季節的にそうだし、今はヒメアジサイの時季だなって……それと『雨で残念』ってことは、外の場所かなと」

今は六月、梅雨入り間近。一年中観光地として人気な鎌倉が、ある花が咲き誇る美しい光景で、最も注目を集める季節。

そう、皆さんご存じ、紫陽花《あじさい》の季節だ。

今いる北鎌倉駅周辺には幾つもの美しい紫陽花で知られるお寺があるけれど。その中でも紫陽花人気の元祖となった明月院では、今の六月上旬の時期に、境内に生える紫陽花の大半を占めるヒメアジサイがちょうど見ごろなのだ。

「てことは当たり？」

「大当たりです」

頷いたティレニアが、小さく音の出ない拍手をするような仕草をした。

当たるか当たらないか五分五分くらいのつもりで言ったのだけれど、無事正解してなんだか嬉しい。

「でもそうしたら多分並ぶだろうし、逆に良かったかもね、色々」

「ん、なんで？　雨に濡れるじゃん」

確かに蒼井くんの言う通り、外に居る時間が長ければ長いほど、雨には濡れてしまうけど。

「ほら、今日は朝から雨だったし、天気予報でも雨だったじゃない？　カメラも濡れちゃうし、晴れの日の方がいいって予定ずらす人もきっといるだろうから、もしかしたら少しは空《す》いてるかも。それに、紫陽花って雨の方が風情出そうだし」

実際、紫陽花の萼片《がくへん》のひとひらひとひらに雨の雫がそっと載っている様は、本当に綺麗だと私は思う。これぞ雨の季節、という感じの光景だ。

雨の匂いは好きだ。降っている中歩くのも静かで落ち着くし、湿気で髪がやられるのは嫌だけど、好きな点も結構多い。

良いことも悪いことも、それぞれある。だけど、雨もいいものだ。

「……桐生さんのその前向きさ、見習いたいわ」

「ええ。もの凄くプラスに捉《とら》える見方って大事ですね」

なんだか二人が、呆気《あっけ》に取られた表情でこちらを見遣る。

何か変なことを言ってしまったろうかと、私は炊き合わせを食べながら考え込む。深い味わいの出汁《だし》と食材のハーモニーがとてつもなく美味しい。湯葉の揚げ煮や丸大根、里芋にも程よく染みこんだ鰹《かつお》出汁がたまらない。

「色んな感じ方があるものですね」

ややあって、ティレニアがしみじみと至極《しごく》真面目な顔で「面白いですね」と呟いた。

「そういえばあの清少納言《せいしょうなごん》も夏の雨は良いものだと言っていますしね」

かの有名な『枕草子《まくらのそうし》』の、『夏は夜』から始まる一節のラストにあったっけ。そう、確か——

「『雨など降るもをかし』だな」でしょ？」

二人して思いっきりハモり、私と蒼井くんは顔を見合わせて目を丸くした。

「もの凄く綺麗にハモりましたね、お二人さん」

「いやビビった。ハッピーアイスクリーム」

「はっぴー？　アイス？」

アイスとハッピーは確かに親和性が高いものだけれど、蒼井くんの口ぶりでは何か一つの言葉のようだった。どういう意味なのだろう。

「『二人同時にハモったとき、先に言った方がアイスクリームを奢《おご》ってもらえる』という合言葉だそうですよ」

「そうなんだ……って、蒼井くんどうしたの？」

ティレニアの説明に私が頷いていると、その視界の片隅で頭を抱え出す男子が一人。

「あいつ……やりやがったな。やっぱ知ってる人少ないじゃん」

なにやら呟いたかと思うと、顔を顰めながら彼が身を起こす。

「桐生さん、それ覚えなくていい。ティレニアも忘れてくれない？」

「おや。ご友人から教えていただいた言葉なのでは？」

「やっぱそれが問題だったんだよ……全然流行り言葉じゃないじゃん」

「まあまあ、流行りの基準というのは人それぞれ違うものですし」

確かに、その言葉自体、初耳だけど。

「ええと、これは私がアイスクリームを蒼井くんに奢ればいいのかな？」

「しなくていい、しなくて。頼むからまるっと忘れてくれる？」

「それはちょっと無理ですねえ」

「ティア、ちょっと黙ってろ」

そんな会話を繰り広げながら、私たちは食事に舌鼓を打つ。

最後に出てきた甘味は季節に合わせて滑らかな羊羹《ようかん》で。それもぺろりと美味しくいただいた後は、「アイスもあとで買いましょうね」と悪戯っぽく笑うティレニアと蒼井くんの「しつこい」とのお言葉と共に、お昼は締めと相成《あいな》ったのだった。


明月院とは、鎌倉の紫陽花が話題になるきっかけとなった、元祖紫陽花の名所のお寺だ。

鎌倉はもともと紫陽花に適した土地だったが、このお寺に紫陽花が咲き誇る美しい光景が有名になったのを機に、お寺や街に紫陽花が増えたらしい。

なんでも世界大戦後、このお寺の住職が人々の心を慰めるため、紫陽花を植え出したのが始まりだとか。それがテレビや雑誌などで話題になり、鎌倉といえば紫陽花、と有名になったという。

「おおお、あれがかの有名な『悟《さと》りの窓』！」

随分前から雨だと予報が出ていた日であるせいか、思っていたよりもするすると明月院での列は進み、私たちは本堂までたどり着いていた。

「ええ。ここも素晴らしいですし、先ほどの道の紫陽花も本当に見事なものでしたね」

少し先の丸窓から見える庭園を眺めつつ、しみじみとティレニアが目を細める。私は大いに同意しつつ、深々と頷いた。

よく観光パンフレットや雑誌で見る、いや見た以上の素晴らしい光景だった。総門から山門へ続く長い石段の両脇に、こぼれんばかりに咲き誇る紫陽花の数々。通称、『明月院ブルー』と呼ばれる、この境内の清々しく晴れ渡った淡い空のような色のヒメアジサイが、しとやかにあちこちに数えきれないほど佇んでいる様子は、まさに圧巻だ。

そして今、私たちの目の前にある光景も好みど真ん中で、私はとてもウキウキしていた。

本堂にある『悟りの窓』と呼ばれる丸窓からは、手前に枯山水《かれさんすい》庭園、奥には本堂後庭《ほんどううしろ》園と二つの庭園が眺められる。それはまるで、そこから眺められる光景を、丸く絵の額縁の中に切り取って永遠にそのまま閉じ込めたかのような感覚を生じさせる。

当然のことながらそこは人気のフォトスポットで、撮影するための順番待ちの列まで出来ていた。

「折角だし並ぶ？」

蒼井くんがくい、と列を親指で指し示す。

「え、いいの？　時間は？」

「大丈夫、まだ来てないし時間潰さないと」

「……？」

謎の言葉に首を傾げつつ、お言葉に甘えて並ぼうと、蒼井くんとティレニアの後に私は続こうとして。横から来た人に勢いよくぶつかってしまい、私は慌てて相手にぺこりと頭を下げる。

「す、すみません！」

「あ、すんません」

下げていた頭を上げると、ぶつかった人も頭を上げるところだった。

すらりと背が高く、妙に色気のある茶髪の青年。彼の手の中には、カメラがあった。

「本当にすみません……！　あ、あの、カメラは」

「あ、大丈夫ですよ。俺も周りよく見えてなかったんで。お気になさらず」

耳には薄い白黒マーブルの石がついたイヤーカフ。どこか鋭さを感じさせる切れ長の瞳の長い睫毛を伏せながら、彼は「すみませんでした」と繰り返し、一眼レフを片手に去っていった。『悟りの窓』の列に並ぶことなく。

一方の私は、「人に迷惑をかけてしまった」と頭の中で大反省会を繰り広げつつ、蒼井くんと共にすごすごとティレニアのもとへ合流する。彼はすでに、撮影待ちの列の最後尾に並んでいた。

「なんでそんな呆《ほう》けてんの。もしかして、さっきの人が超絶タイプだったとか？」

「い、いや違う違う！」

蒼井くんのからかい混じりの声に、私はぶんぶんと頭を振る。確かに整った顔の人だったけれど、考えていたのはまったくそういうことではなく。

「分かった。桐生さん、いま頭の中で反省会繰り広げてるだろ」

「えっ、なんで」

図星を指された私は、言い当てた蒼井くんから思わず一歩身を引いた。

「あまりタイプで人をくくるのは良くないのですが……更紗あなた、寝る前にも、その日の自分の行動を振り返ったりとかしてませんか？」

「エ、エスパー……？」

「やっぱりな」と顔を見合わせる二人の前で、私はがくりと項垂《うなだ》れる。そんなに分かりやすかったろうか。

「ま、自分を省《かえり》みることは悪いことじゃないけど。特にさっきのは不可抗力だし、自分を責めなくていいと思うよ」

はて、不可抗力とは。

「むしろあれは……」

眉を顰めながら蒼井くんが何かを言いかける。その背後に見覚えのある人影を見つけ、私はじわりと目を丸くした。

「——おや。やっといらっしゃいましたね」

「ん？　……ああ、思ったより時間がかかったね」

ティレニアの言葉に蒼井くんが一瞬だけ振り返り、状況を理解したのかゆっくりと頷いた。彼らはさも当たり前かのような涼しい顔で、その『見覚えのある人影』の様子を何気なく見守っている。

「あ、あの人……」

やっぱりそうだ、と私は呆然と呟く。

肩まで揺れる黒髪に、ローズクオーツの付いた黒縁眼鏡。つい先日、にわか雨の中硝子館に駆け込んできたあのお客さんが、そこに居た。

「スミレ、大丈夫？」

「あ、うん、ごめんね。ありがとう」

一緒に居るのは、どうやらご友人らしい。『スミレ』と呼ばれた、あの日のお客さんは、困ったように眉を下げながら柔らかく微笑んでいた。

「やっぱり何度聞いても腹立つわ。なんなのあいつ、私が代わりに殴ってやりたい」

「ほんとにね。絶対もっといい人いるよ。もともと、あいつにスミレはもったいなかったんだし」

ショートカットとポニーテールの髪型の、友人らしき女子二人のやや後を歩くスミレさん。数秒間沈黙の時間があってから、彼女は「ありがとう、二人とも。優しすぎるよ」と淡く微笑んだ。

「優しいのはスミレでしょ、あんなひどい奴に最後文句も言わないでさ」

「そんなことないよ、私も悪いことしちゃったし……」

スミレさんは苦笑を浮かべつつ、友人と一緒に私たちが並ぶ撮影列の何組か後ろに並んだ。

「別に悪かないでしょ、ちょっと連絡の返信遅かったくらいでほんとに器が小さいったら。しかもあいつ、スミレのこと変人呼ばわりまでして。そんなこと全然ないのに、ひどすぎない？」

「うーん、でも事実だしね。ま、私の辛気臭《しんきくさ》い話は終わり！　ごめんね。今度は二人の話聞かせてよ」

「えー、今日はこのメンバーだけだし、スミレももっと愚痴《ぐち》っていいのに。基本スミレ、自分の話あんまりしないじゃん」

「私の話、こんなことくらいしかないしさ。二人は今週、なんかあった?」

ぱんとスミレさんが笑顔で軽く手を打ち、話を二人に振っている様子が見える。私は思わずそっと、ローズクオーツのお客さんの眼鏡に嵌まった石を、そして眼鏡を見つめた。

「助けて欲しい」と声にならない叫びをあげながら、この前よりも更に黒く濁ってきてしまっている様子の、『心の宝石』を。

「ほら、『お客様』が僕らの行き先に来たでしょう? こういうことですよ、先ほど言ったのは」

ティレニアのハスキーボイスの囁きが、私の耳へとふわりと届く。

それと同時に私はふと、先ほどこの二人が口にしていた台詞《せりふ》を思い出した。

――『宝石魔法師』が動かなければならない時は、全てのことに必ず意味があるんです。

――縁ってのは不思議なもんで。一回縁が出来るとまあ、それに連動することが起きるのさ。

なるほど、こういうことか。確かに実践あるのみだ。

流石にこうして目の前に、その『不思議な縁』のなせる業《わざ》を見せつけられた今、この二人の言葉がたとえ足らずとも、その意味するところは十分理解できる。

「……ふうん、なるほど」

隣で小さな呟きが聞こえる。ふと見遣ると、蒼井くんは真剣な表情をしながら顎に手を当て、何かを考え込んでいた。

今のこの状況で、何かを納得する場面はあったろうか。私が必死に記憶の奥を探ろうとしている横で、ティレニアまでもが「そういうことですか」と呟き始める。

「あ、あの、何かお分かりに……？」

「うん、何となく見当は。まだ仮説だけど」

あっさりこともなげに頷きつつ、蒼井くんはズボンのポケットから金色の何かを取り出した。繊細な唐草模様が刻み込まれた、アンティーク調の懐中時計のような見た目のもの。

前から何度か見かけていたこの懐中時計のようなものは、実は羅針盤《コンパス》だと聞いている。『聞いている』というのは、どうやってそれを使うのか、門外漢《もんがいかん》の私には分からないからだ。

ちらりとさり気なく彼の手元を見ていると、何やら複雑な、まるで物語にでも出てくる魔法陣のような模様が羅針盤の中に見えた。その中心には、今回処方された『護り石』――アパタイトと思われる、透き通った南国の海のしずくのような、透明感のある宝石が嵌め込まれている。

「うん、あと数時間ってところかな」

「そうですね」

羅針盤を覗き込んだ二人がそう言い、揃って私の方を向く。

「ごめん、このあとすぐ硝子館に戻ることになるけど、大丈夫？」

「うん、もちろん」

蒼井くんの言葉に、私はこっくりと頷いた。異論があるわけがない。

そんなこんなで、何やら納得したふうの二人と共に、私は悶々と記憶を掘り返しつつ、硝子館に戻ることとなったのだった。


「……ひょっとして桐生さん、フローズンヨーグルト作ろうとしてる？」

「流石、よく分かったね」

明月院で思う存分『悟りの窓』からの風景を写真に収めた後。私は蒼井くんとティレニアと共に硝子館へと戻り、店の奥にあるキッチンに立っていた。服も店の深い紺色のワンピースに着替えて準備万端だ。

黒と白の菱形模様が交互に連なるつるりとした大理石の床に、清潔な白い壁の、広々とした印象を与えるキッチンの中。目の前には、プレーンヨーグルトにクリームチーズ、そしてシチリアレモンの花から採れたはちみつと、黄色いレモンの姿がある。

蒼井くんの言う通り、これからフローズンヨーグルトを作るための材料だ。

因《ちな》みにはちみつは、壁に備え付けられた巨大な木製の棚から拝借した。実働部隊を担《にな》うこの店の甥の好みが反映されてか、このキッチンの四段もある立派な棚には、様々なはちみつの瓶がずらりと並んでいるのだ。その様はまさに圧巻。

その中にはもちろん私の目当てのはちみつもちゃっかり入っていて、今しも私は意気揚々とその分量を量っていた。ヨーグルトには、レモンのはちみつがよく合うのだ。

「さっきアイスってワード聞いたら、冷たいもの食べたくなっちゃって。ちょうど材料もあったし」

それに、湿度の高くなってきた昨今の気候を考えると、お客さんにはさっぱりとしたスイーツを楽しんでほしい。

——そう、これはお客さんに出すためのスイーツの準備だ。

「クリームチーズのフローズンヨーグルトなんだけど……蒼井くん、苦手だったりする？」

微妙な表情をされていることに不安になった私は、先ほどキッチンへ入って来たばかりの蒼井くんへ恐る恐る尋ねてみる。

「いや、全然苦手じゃないけど」

なんだか少し、返って来た言葉の歯切れが悪い。

「……ええと、気分ではない、とか？」

基本的にここでスイーツを作る時、お客さんの分だけを作っていると中途半端に材料が余ってしまうので、硝子館の面々の分も一緒に作って食べるのが常だ。

硝子館メンバーはありがたいことに好き嫌いが特にないと聞いているので、いつも割と自由に作ってしまっていたのだけれど。

「や、違う、食べたい」

なんだか返しが若干カタコトだ。どうしたんだろう。

「さっきのハッピーアイスクリーム事件で滑ったのを、まだ引《ひ》き摺《ず》ってるんですよね?」

蒼井くんと同じく店員用の服を身にまとったティレニアが、人間姿でキッチンの扉からひょっこりと顔を覗かせた。

「解説しなくていいから」と目に手を当てて呻《うめ》く蒼井くんに、ティレニアが「盛大に滑りましたもんね」と満面の笑みを向ける。ぶすりと無言の視線をティレニアに向けた後、

「そんなことより」と彼はため息をついた。

「ティア、叔父さんは」

「店にお客さんが来た時の為に、店番を。スイーツとお茶は『何でも美味しく作ってくれるから任せるよ、楽しみにしてるねー』とのことです」

「あ、そう」

とてつもなくよく似ている隼人さんの声色物真似を繰り出したあと、ティレニアはこち

らまでその長い足で瞬時に距離を詰めてくる。そして彼は、ひょいと身を屈《かが》めて私に囁きかけてきた。

「更紗。悠斗も実は、後悔したときよく大反省会を始めるタイプなんですよ。たまに昔のことを思い出して呻いてます。先ほど滑ったの、大分堪《こた》えてるみたいですね」

なんと、こんなところに同士がいたとは。蒼井くんには悪いけれど、自分だけではないのだと、なんだか少し嬉しくなる。

「ところで、何かお手伝いできることは？」

「うーん……正直このレシピ、固めるのに少し時間かかるだけで、凄く簡単なんだよね」

手伝いを申し出てくるティレニアを前に私はしばし考え込み、「そうだ」と思いついて口を開く。

「フルーツとかを交ぜても美味しいから、これに合うフルーツが冷蔵庫にないか探してもらってもいいかな。それと」

「出すドリンクね。そっちは任せて」

言葉を言う前から、意図をくみ取ってくれた蒼井くんが動き始める。どうやら大反省会はひとまず終わったらしい。

「ありがとう、凄いね。まだ何も言ってないのに」

「まあね」

ひらりと蒼井くんが片手を振り、紅茶の缶の陳列をじっと眺める。

「んー……キャンブリックティーとかどう？　……あ、はちみつ入りミルクティーのことね」

「お、いいね！」「いいですね」

満場一致で賛成の声が上がり、私とティレニアはスイーツを、蒼井くんはミルクティーの準備を始める。

「よし、まずは」

話しているうちに室温に戻ったクリームチーズに、はちみつをほんの少し。全体としてはクリームチーズの三分の二くらいの分量のレモンのはちみつを少しずつ増やしながら加えていき、練るようにボウルの中でゆっくりと混ぜていく。

そうして次に、プレーンヨーグルトを投入。これもまんべんなく混ぜて冷凍庫に置き、固まるのさえ待てば、ベースのアイスはもう完成したも同然だ。

お手軽なのに爽やかで美味しい、コストパフォーマンス最強のスイーツ。湿度が高くなってくると私が良く好んで作るスイーツである。

「あとは、シロップ漬けの果物とかがあれば上出来なんだけど」

「おや、ちょうどありますよ」

冷蔵庫の中をチェックしてくれていたティレニアにシロップ漬けのフルーツの瓶を手渡

され、私は目を丸くする。

「……凄い、なんでもある」

「僕も含め、食いしん坊が何人もいますので。食料の備蓄になりそうなものは大抵ありますね」

「な、なるほど」

美しく微笑む目の前の青年もとい黒猫は、実はもの凄く食べる。そして「食いしん坊」と称する中には確実に私も入っているに違いない。

瓶の中を見れば、みかんにオレンジ、キウイにイチゴといった、カット済みの果物が、まるで宝石箱の中の宝石のようにぎっしりと詰まっていた。

「あ、これ絶対全部美味しい」

私は先ほど混ぜ合わせたアイスの中に果物を幾つか交ぜ込み、保存容器の中へそれらを移す。一部は製氷皿に入れて、キューブアイスの形にしようと目論《もくろ》んでみたりしつつ、全部を冷凍庫に入れ終わった頃に蒼井くんが火にかけていたやかんが沸騰《ふっとう》し始めた。

「……早いな。まだやっとお湯沸騰し始めたとこなんだけど」

そう言いつつ、蒼井くんはティーポットに手早くアッサムの茶葉を入れ、湯を勢いよく注ぐ。なんでも、勢いよく注ぐとジャンピングという茶葉の上下運動が起こり、お茶が美味しく淹《い》れられるのだとか。

そのティーポットに蓋をして三〜五分蒸らし、少し濃いめのストレートティーに。そして一度茶こしでこした紅茶液を耐熱ガラスの透き通ったピッチャーに移し、熱がゆっくりと引いてくるのをしばし待つ。

これで飲み物もスイーツも、いったんは準備完了だ。あとはそれぞれ、盛り付け前に作業するだけ。

どことなく一仕事終えたような空気が漂う中、蒼井くんが「そういえば」と口を開きながらニヤリと笑う。

「このあと、お客さんが来るだろ？　俺、いいこと考えたんだよね」

「い、いいこと？」

何だか嫌な予感がするような、しないような。私は自分ときっと同じ表情をしているだろうティレニアと、目を瞬かせながら顔を見合わせたのだった。

蒼井くんの言った通り、お客さんは本当に、三時間ほど後に来た。

「すみません……こんなことで突然来てしまって」

店の奥にある応接室の真ん中で、『スミレさん』はぺこりと頭を下げた。

床は店内と同様、シックなワインレッドのカーペット。壁に沿って並ぶチェストも、部屋の真ん中にある椅子もテーブルも、すべてアンティーク調の木材のものに統一されている。部屋中央の丸テーブルには、椅子が四つ。そして今しもスミレさんは、一番奥の上座の席に座りつつ項垂れていた。

今、この部屋には蒼井くんとその隣になぜか私、そして私の目の前にはスミレさんという布陣で座っていて。テーブルの上には、アパタイトに薄くヒビが入ってしまったアンティーク調の鍵が載っている。

蒼井くんとティレニアの予言通り、再度ご来店したスミレさん。彼女がかけている眼鏡のツルに嵌まっているピンク色の石は、もう地の色がほとんど分からなくなるくらいに陰に飲み込まれかけてしまっている。

「あの、本当にいいんですか？」

「勿論《もちろん》です。すぐ石を傷のないものに交換させていただきますね」

おずおずとした様子のスミレさんに、蒼井くんがにっこりと頷く。見るもの全てを安心させるような温かい笑みに、彼女はほっと息を吐いた。

「あ、ありがとうございます」

――あの、すみません、これって修理出来たりしますか……!?

そう言いながら先ほどこの店に駆け込んできたとき、切羽詰《せっぱつ》まった様子だった彼女の声色が、心なしか、少しだけ穏やかになった気がする。私はそっと息を吐きつつ、テーブルの上のヒビが入ったアパタイトをしばし眺めた。傷ついていてもなお美しい、ネオンブルーに光り輝く魔法の石。

お客さんの『護り石』であるこの石にヒビが入ったのには、訳がある。

元々『護り石』には、その持ち主に降りかかる厄災《やくさい》や憂《うれ》いをある程度肩代わりする役割がある。呼び名通り、護ってくれるお守りの石なのだ。

つまり、それにヒビが入ったというのは、ある程度ダメージを受けたということで。

「ええとあの、本当に先ほどはすみませんでした……なんだか気が動転しちゃって、図々しい真似を」

「いえいえ、全くお気になさらず。いつでも何なりとお申し付けください。少しお時間は頂戴してしまいますが、十数分程お待ちいただいても？」

「はい、全然大丈夫です」

こくりと頷くスミレさんに、蒼井くんは「ありがとうございます」と唇で弧を描いた。そして、完璧な笑みを浮かべながら「それでは」と人差し指を立てる。

「もしよろしければ、こちらのチャームを修理している間、暇潰しに占いでもいかがでしょう？」

「占い、ですか？」

「はい。石占いを」

もっともらしいことをもっともらしい表情と声色でのたまう同級生に、私は思わず遠い目になった。

「あ、じゃあ、お願いします……」

そしてそれにおずおずと乗ってくれるスミレさん。本当にいい人だ。

「では、早速。こちらの紙に、生年月日だけ書いていただけますか」

「はい」

そんなやり取りの傍《かたわ》らで、私は手筈《てはず》通りそっと立ち上がり、スミレさんが持ってきた『護り石』のアパタイトが壊れかけたチャームを手に応接室を出る。

応接室のすぐ隣は、先ほどまで私たちがいたキッチンだ。中に入ると、ティレニアがお客さんへ出すスイーツと飲み物の盛り付けをしている最中だった。

「ティレニア、ありがとう。私代わるよ」

「おや、ありがとうございます。ではお願いしても？」

「もちろん」

私は頷き、ティレニアから調理器具を受け取った。

「悠斗は『例のあれ』を始めたところですか？」

「うん、さっき始めようとしてた」

二人で顔を見合わせて苦笑してから、私はティレニアからバトンを受け取った作業を始める。

まずは先ほど蒼井くんが作ってくれたアッサムティーの紅茶液にはちみつをよく溶かし、氷を入れた透明なグラスに注いでキンキンに冷やす。そしてその上から紅茶が美しい亜麻《あま》色になるまで、ミルクをたっぷり注いでアイスキャンブリックティーを完成させる。

「あとは……」

冷凍庫から保存容器を出し、ひやりと固まったフローズンヨーグルトをスプーンで削る。それをガラスの器に盛り、削ったレモンの皮を散らして。さらにその上からレモンのはちみつをかけ、製氷皿からキューブアイスの形になった分を隣に盛り付けて出来上がりだ。

「よし。じゃ、行ってくるね」

「はい、行ってらっしゃい。また後で」

ひらりと片手を振るティレニアに見送られて私が応接室に戻ると、蒼井くんとスミレさんの間のテーブルの上には、小型ノートパソコンほどの、黒いビロードの箱が開かれて置かれていた。そしてその中に一列に鎮座《ちんざ》する、宝石の数々。煌めくグリーンにワインレッド、紫に鮮やかなイエローの宝石と、まるで色の洪水だ。

石は全部で十個。それらを前に、蒼井くんは先ほどスミレさんが生年月日を書いた紙の上でペンをくるりと回した。どうやら生年月日を見るに、スミレさんは大学生らしいという情報だけを得つつ、私はトレイに載せて運んできたフローズンヨーグルトとアイスキャンブリックティーを、それぞれの前に置いていった。

「あ、ありがとうございます」

「いえいえ、よろしければぜひどうぞ」

律儀に慌ててぺこりと頭を下げつつ困惑したような顔をするスミレさんに、私は蒼井くんを見習って微笑みつつ、そっと頭を下げ返す。そしてその横の蒼井くんはといえば、にっこりと満面の笑みで「それでは」とまた指を一本立てた。

「あなたのお好きな数字を一つ選んでください」

「す、好きな数字……じゃあ、うーん……七で」

「承知しました。それではまず、その数字を三倍にして、それに十五を足してください」

「はい……ええと、三十六ですね」

一体何が始まったのだろうという顔で、蒼井くんの言葉に従ってスミレさんが計算を始める。

「それを三で割って、元の数を引いてください」

「三で割って、元の数を引いて……あ、『五』になりました。でもこれがどうかしたんですか？」

「はい。今の計算は、ちゃんと意味を持ってるんです」

爽やかな笑顔でそう語る蒼井くんは、大学生であるスミレさんの前でも決して年下に見えることはなく。末恐ろしい高校生だと、私はひっそり心の中で思った。

「最後の数字が肝心なんです。あなたの場合は『五』なので、左から数えて五番目——今目の前に並んだ宝石たちの並びで五番目に該当する石が、今のあなたにぴったりな石です」

そう言って蒼井くんは、スミレさんから見て左から五番目の石を手で指し示す。

「——五番目の石は、ローズクオーツですね」

そう。ちょうど計算の結果に従って出た石が、スミレさんの『心の宝石』だったのだ。

……『ちょうど』というのは、語弊があるかもしれない。なぜなら先ほど蒼井くんがスミレさんに提示した計算式は、誰がどんな『好きな数字』を選んだとしても、必ず答えは『五』になるからだ。

つまり、『心の宝石』を五番目に置けば、強制的に計算式の結果はそれを選ぶことになり、蒼井くんは『占い』だのなんだのと胡散臭いことを抜かしながらお客さん本人の『心の宝石』を提示することが出来、本題に入りやすくなれるという寸法だ。

これが先ほど蒼井くんが言い出した、「いいこと」の案である。

私がじとりと彼を見遣ると、彼はテーブルの下で私の腕をつつき、何かを手渡してきた。

小さな黒いビロードの巾着に、何かのメモ書き。メモ書きをこっそり開いてみれば「護り石が完全に割れたら俺に教えて」というメッセージで。巾着を開ければ、黒く煤けかけたローズクオーツがころりと私の手のひらに顔を覗かせた。

これは、目の前のスミレさんの眼鏡に嵌まっているローズクオーツと同じくらいの煤け方をした、彼女の『心の宝石』の写身だ。

そう理解した私がばっと彼を見ると、彼は何食わぬ顔で「その石、何の石かご存じですか？」とスミレさんに問いかけた。尋ねられた彼女は、ためらいがちに目を宙に泳がせながら口を開く。

「……恋愛運アップの、石ですよね？」

どことなくぎこちない様子で、彼女はそうっとローズクオーツを見遣った。なんだか顔が強張っている。

「一般的には、そう銘打たれていることが多いですね。ですが意外と、石言葉には恋愛方面の言葉がないんですよ」

「え、そうなんですか」

「はい。石言葉は、『繊細』、『慈愛』、『優しさ』に『穏やかさ』。ほら、ないでしょう？」

ローズクオーツの石言葉を並べ立てる蒼井くんの言葉を聞きながら、私は「確かにその通りだ」と内心ひっそりと思った。

ローズクオーツは、スミレさんの『心の宝石』。つまり、その人の性質を表す石でもあって。

少しこうして話しているだけでも、さっき友人の方と話している様子を窺っていても、ひしひしと分かる。この人は、優しくて穏やかで、いい人だ。

そして、その心を曇らせてしまっている理由は、『心の宝石』の色が濁る理由は——

「……ああ、本当だ。ないんですね、恋愛方面の石言葉」

そう言いながら、どこかやるせない表情をするスミレさん。そんな彼女に、蒼井くんは「はい」と、ふっと優しく微笑んだ。

「よかったら、フローズンヨーグルト食べてくださいね。お茶もお代わりありますので、いくらでも」

「あ、ありがとうございます」

遠慮がちに頷くスミレさんの前で、蒼井くんは早速目の前のスイーツに手をつけている。私もそれに倣《なら》い、スプーンで自分の分をひと掬《すく》いして口の中に放り込んだ。

最初噛んだ時はシャリッという小気味よい小さな音を立てたフローズンヨーグルトが、口の中でとろりと溶けていく。

とろけるような舌触りに、爽やかな甘みと程良い酸味。それらがシロップ漬けされたフルーツと混ざり合い、凍らせたフルーツのシャクシャクとした食感と甘みと共に広がる。

「お、美味しい……！」

恐る恐るスプーンで掬って口にしたスミレさんが、ぱあぁと顔を輝かせる。私は思わず、内心ガッツポーズをした。

そしてお次はアイスキャンブリックティー。アッサムティーの芳醇《ほうじゅん》な香りと濃厚なきりりとしたコクのある味わいに、ミルクとはちみつのまろやかさが加わった一品だ。先ほどフローズンヨーグルトを食べた時の甘さとはまた違う、柔らかな甘みが幸せに口の中を満たしていく。

「そうだ、先ほどの占いには続きがありまして」

全員がもの凄い勢いでフローズンヨーグルトを食べ終わり、アイスティーを飲みながら一息ついているときに、蒼井くんは思い出したかのようにそう言い始めた。

「続き、ですか？」

甘いモノを食べて、先ほどより少し落ち着いた様子のスミレさんが目を丸くする。

「はい。先ほど教えていただいた生年月日と、この石の組み合わせを考えて占うと、その人の性格が分かると言われてまして――」

そんなことを立て板に水の如《ごと》く話す彼は、お客さんへにこりと微笑んで問いかけを始めた。

「――お客様、ひょっとして話をするとき、結構聞く側に回ることが多かったりします？話題の中心になるのがあまり好きではない、とか」

きっとこれは、先ほどの明月院でのやり取りを聞いた上での質問だろう。確かにあの時、スミレさんはやたらと自分の話から話題を逸らそうとしていた。もしかしたら話もしたくない内容だったのかもしれないけれど、彼女の友達らしき人はスミレさんのことを「基本的に自分の話をあまりしない」と言っていたし。

「……そうですね。あんまり得意じゃないです、なんかこう……上手く話せなくて」

「そうですか？　こうして話をしていても、そんな感じはしませんが」

蒼井くんの言葉にスミレさんは虚を衝かれたような表情を浮かべてから、苦笑しつつ首を横に振った。

「お世辞でもありがとうございます。でも、本当に苦手で。特に大人数になるともう、全然喋れなくなっちゃうので」

「なるほど。逆に少人数だと大丈夫だったりします？　定期的にお会いするご友人数人とか」

これも多分、先ほどの光景から考えられた質問だろう。

なぜならあの時、自分の話題から話を逸らそうとする際。スミレさんは「二人は今週、なんかあった？」と聞いていた。

一定期間関わりがなくて久しぶりに会ったのなら、「『最近』何かあったか」と聞くところだ。それを「『今週』何かあったか」と聞くのだから、相当短いスパンで会っているか、連絡をマメにしている友人だと想像できる。それも、「話すのが苦手」と言っている彼女が、この時期、長い待ち行列ができる明月院へ一緒に来るくらいに、きっと仲の良い友達だ。

「あ、はい。それなら、結構大丈夫です」

「三人以上になると、ちょっと難しくなる感じですか？　会話をしてる二人の後ろを歩きがちになる、とか」

「……！」

これもさっき、彼女が三人で遊びに来ていたところを、私たちが見ていたからできた質問だと思うけれど。それを知らないスミレさんは動きをぴたりと止め、目を驚愕《きょうがく》の色と共に見開いていた。

「は、はい。どうして分かるんですか？」

「ああ、あくまでも占いなんですけどね。当たってます？」

「あ、当たってます」

毒気を抜かれたように呆然とした表情で呟くスミレさんへ向けて、蒼井くんは更に「もし外れていたら申し訳ございませんが」と更に質問を被せた。

「相手への受け答えとか、文章を書いて相手に伝えることとかが、どうしても遅くなってしまうことはありますか？　例えば、メッセージアプリのやり取りとか」

スミレさんが無言で息を呑み、その喉がひくりと震えるのが見えた。

と、同時に。私の手のひらの中で、震える小さなものが一つ。

――パキン。

小さな衝撃音を立てながら、私が先ほどテーブルからピックアップしてきた、スミレさんのキーチャームに嵌められたアパタイト――つまり、スミレさんの『護り石』が、そこに入った亀裂を更に深くさせていた。

私は手のひらにそっとそのチャームと、スミレさんの『心の宝石』の写身を包み込みながら、蒼井くんと彼女のやり取りを見守った。今が肝心な時だ、私は口を挟んではいけない。

「……凄く当たる、占いですね。びっくりしました」

そう呆然と言ったかと思うと、彼女は「うん、びっくりしました……」と、再度また小さな声で呟いた。

「そんなにですか」

「はい、そんなにです」

柔らかく微笑みながら首を傾げる蒼井くんに、スミレさんはゆっくりと頷く。

「本当にそのまま、私そのものを言い当てられたみたいで。……そうです、私、苦手なんです。複数人で喋ることも、文字でやり取りをすることも」

ひく、とまた喉が上下し、スミレさんが何かを堪えるように何度か瞬きを繰り返す。そんな彼女の前で蒼井くんは心配そうな表情で眉根を寄せ、そっと柔らかな調子で言った。

「――お客様。いいんですよ、ここでは何でも吐き出して。吐き出さなければ、誰にも話せず抱え込んだままでは、潰れてしまうことだってあるんですから」

「……っ」

それこそ『慈愛』のある微笑みを湛える蒼井くんの言葉に、スミレさんはしばし言葉を詰まらせて。そして、ゆっくりと口を開いた。

「私、つい最近、彼氏にフラれたんです。理由は本当に、聞く人によっては呆れられてしまうもので――多分一番大きかったのは、私の『メッセージの返信がいつも遅い』ことでした」

ぽつりぽつりと、彼女は話し出す。言葉を選びながら、伝わるか不安そうに、こちらの様子を窺いながら。

「……その、私、やっぱり変なのかもしれません。人と会話するときにテンポが遅くなりがちになってしまったり、複数人の会話の間への入り方が分からなかったりして、黙ってしまうことが多くって。それで『怒ってる？』って聞かれたりもするんですけど、全然そんなことはなくて。特に一対一でも文字でのやり取りも苦手で、メッセージアプリのやり取りですらも返信を打つのが遅くって。……それが積もり積もっていくうちに、彼からも愛想をつかされちゃって」

少しずつ絞り出すようにゆっくりと言った後、彼女は「すみません、説明がもの凄く下手で。これじゃ意味分かりませんよね」と自嘲《じちょう》気味な笑みを浮かべた。そんなことは決してないのに。

「今のはええと、間にどうでもいい情報が多すぎました。要するに、私は会話下手で、メッセージの返信一つすらもたついてしまう。だから、相手に不快な思いをさせてしまったんです」

「私が全部悪いんですけど、どうしてもなかなか直せなくって」と続けながら、スミレさんが俯く。

「いいえ、悪くなんてないですよ。今、何となく分かりました」

「え？」

「お客様はきっと、『出した言葉は取り消しができない』ことを身に染みて感じているからこそ、その言葉を出すのに慎重になっているのでは？　もっと言うと、その場に相応《ふさわ》しい返しは何か、何といえば相手に伝わりやすいだろうかと深く考えるからこそ、言葉を取り出すのに労力がかかっているのではないかなと」

蒼井くんは言葉を切り、アイスキャンブリックティーを一口飲んでまた続けた。

「先ほどお客様は僕たちに分かりやすい伝え方を考えて試行錯誤《しこうさくご》しながら言葉を取り出そ

うとしてくださったり、補足しようとしてくださった。そこからだけでも十分、分かります。あなたがやっぱり、このローズクオーツのような人だということが」

スミレさんは困惑気味な表情で、ぼんやりと蒼井くんの方を見る。

「それは、どういう……」

「この宝石の石言葉は、『繊細』、『慈愛』、『優しさ』に『穏やかさ』です。先ほどのやり取りから、その特徴が節々に出ていますよ」

そう言葉を切り、蒼井くんは静かに微笑んだ。

「相手の表情や仕草から情報を受け取って、相手に合わせた言葉を選びながら受け答えをする。場の空気を読んで、相手に行動を合わせて、話をキリの良いところで切り上げようと気をきかせる――これって本当に、体力が要ることなんです。そしてそれをあなたは先ほどから、ずっとやっていらっしゃいますね」

「ず、ずっと……？」

「無意識にやっているのであれば、尚更疲れるのも当たり前です。……先ほど『複数人で話すのが苦手』と仰っていましたが、恐らくそれも話に入るタイミング、場の空気、内容を受け止めて真剣に返す言葉を考えること――どれも真剣に向き合っているからこそ、色々考えてしまって疲れてしまうのでは？」

虚を衝かれたような顔で、スミレさんが固まる。そんな彼女に、蒼井くんは更に畳みかけた。

「お客様、前回ご来店されたときに雨の匂いの話をされていましたが、そういった季節の匂いなどの細やかな匂いを感じることがあったり、スマホとか情報量の多いものを見ると疲れてしまったりすることはないですか？」

「……あ、あります。多分、それも悪かったんだと……」

もともとスミレさんは、スマホが苦手らしい。

理由は、『情報量の多いものを見ると、何故か疲れてしまうから』。

だからメッセージアプリを常に見ている訳でもなく、何時間か置きにチェックする程度で。

「でもそれが、良くなかったんだと思います。何時間もメッセージに気づかない上に、その返信も最低でも見てから三十分はかかっていて……メッセージを返すこと自体に、体力が要るんです」

どうしてかメッセージを返そうとすると、うまく返せない。

ちゃんと、自分は同じ熱量で相手に返事を出来ているだろうか。

自分がこう書けば、相手にはちゃんと伝わるだろうか。

誤解させるような文運びはしていないだろうか。

こう発言して、嫌われないだろうか。

ああ、今のはこう書けばよかったのに。もう送ってしまったから、取り返しがつかない――

「でも、そんなことで返事をすぐに出来ない自分が、本当に嫌で……」

自分は、何様なのだろう。

分かっている。その返事を待っている相手が居るのだから、返信はできるだけすぐに送らなければならないということは。

なのに。人に返事をするのに気力が必要で、時間がかかってしまうから、メッセージすらすぐ返すことが出来ない、なんて。

――なんて、私は薄情な人間なのだろう。

なぜ、自分は他の人のように、こんなことすら普通にできないのだろう。

「彼のことは、本当に、好きだったんです。なのに、文を考えることに気力が必要なんて考えてしまう自分が、本当に嫌で……」

スミレさんが話しているうちに、ぽたりとテーブルクロスの上に透明な雫が落ちた。

「そうこうしているうちに、別れを切り出されたんです。『あまりに返信が遅いことが多すぎる、そんなに連絡とるのが嫌なのか』って、『それじゃもう駄目だね』って。そんなことないって、説明したんですけど……そんなの、相手にとってはただの言い訳ですよね。完全に私なんです、相手に不快な思いをさせてしまったのは。だから私が、悪くて」

「いいえ」

スミレさんの自嘲気味の声に、蒼井くんの硬い声が上から被さる。

「……え？」

「いいえ、悪くないんですよ、何も」

蒼井くんは、真剣な表情でスミレさんの目をまっすぐ覗き込みながらそう言った。

「先ほど、大人数での会話が苦手で、季節の匂いなどに敏感だとも仰っておられましたが……つまりは、刺激に敏感で、繊細で感度の高いアンテナを持っているということなのでは。そういう方は、普段から無意識に周りの刺激を拾い集めているから、疲れやすい。そういう方が世の中には一定数、いらっしゃるそうです。そもそも、感じている刺激量に他の人とかなりの差があるのだと。季節の匂い一つ取っても、感じる方と感じない方、それぞれいらっしゃいますし」

「感じる人と、感じない人がいる……」

そう呟いた後、彼女はふっと肩を下げる。

「じゃあ、雨の匂いとかがするのも、私が変だったわけじゃ、ないんですよね」

「はい、全く。……誰かに何か、言われたりしましたか？」

しばらく躊躇ったあと、スミレさんは蒼井くんの問いに頷いた。

「あの……はい。前に彼には、『雨が降る前の匂いなんてしたことない。何変なこと言ってんの？』って、言われたこととかがあって。彼にとっては、私に変なところがあったみたいで」

──ひょっとして、雨が降る前の匂いって、やっぱりありますか？

──名前がついてるってことは、その匂いはちゃんとあって、感じるのは変じゃないってことですもんね。

前にスミレさんは、そう言っていた。「ひょっとして」や「やっぱり」の言葉は、身近な人からその感覚を否定されていたために、自分自身の感覚への自信のなさから来ていたものだったのだ。

好きだった人から、自分の感覚を「変」だと言われてしまったら。その痛みはどれほどなのだろう。想像するだけでも心が沈んで仕方がない。

「あ、あの、全然変じゃないと思います。私、その匂い結構好きです……！」

私はスミレさんの目を見て頷き、彼女に同意を示す。蒼井くんの邪魔をしてはいけないのは重々承知しているけれど、これだけは言っておきたかった。

「あ、あなたも……？」

「はい」

「も」ということは、スミレさんもあの匂いがきっと好きなのだ。そのことがなんだかとても嬉しくて、私は思わずこくこくと何度も頷く。そんな私へ向かってふと微笑んだ後、スミレさんはぽつりと呟いた。

「……なら私、おかしくないんでしょうか。このままでいても、いいんでしょうか」

そして、唇をぐっと噛んでから、彼女は言葉を続ける。

「ずっと思ってたんです。自分だけ、世界のテンポについていけてないんじゃないかって。自分だけ、他の人が普通に息をするようにできていることが上手くできなくて、変なものを感じていて、自分だけ、ピントがずれた人間なんじゃないかって」

その言葉に、私ははっとなって彼女の顔にかかった黒縁眼鏡を見る。彼女の『心の宝石』が嵌まった、その眼鏡を。

——そうか、だから。これは、『ピントの合わない眼鏡』ってことだったんだ。

それが、このお客さんの悩み。心の傷と、淀《よど》み。

世界についていけていないと感じる、劣等感と自分への失望感。

恋人に別れを告げられたことがきっかけになって噴出したのだろう、その痛み。

「なにも、おかしくなんてないですよ」

俯くお客さんの前で、蒼井くんが淡く優しく、微笑んだ。

「情報に敏感で周りに気遣い過ぎて、いつも沢山考えていて、だから疲れやすい——あなたは繊細で優しい方、そして空気を穏やかにできるよう、常に気を配っている方。それだけが事実です。おかしくなんて、ないんですよ」

おかしくなんて、ない。誠実なトーンで、真剣な調子で、蒼井くんは二度繰り返した。

——パキン。

その言葉と共に、私の手の中で再び、何かが小さく割れる音がして。

そろりと手を開くと、そこには真っ二つに割れて光るアパタイトが、キーチャームから外れて転がっていた。

それと同時に、私の手の中の黒く煤けたローズクオーツから、その黒い陰が消え去った。

——メンテナンス、完了の合図だ。

私は蒼井くんに指示された通り、彼の腕をテーブルの下でつついてそれを知らせる。

早速意味を汲み取ってくれた様子の蒼井くんは、「それでは」と言いながら席から立ち上がった。

「キーチャームの修理も終わった頃だと思いますので、店内でお渡ししますね」

「あ、ありがとうございます、本当に」

「いえいえ、とんでもない」

にこやかに微笑みながらスミレさんを連れて歩く蒼井くんの後ろをついていくと、店内には隼人さんと人間姿のティレニアが待ち構えていた。

「それではお客様、これを」

ティレニアが流れるような動作で、傷一つない新しいアパタイトが煌めくキーチャームを、スミレさんに手渡した。

「お客様。こちら、実はアパタイトという石なのですが――石言葉はご存じですか？」

「あ、ありがとうございます。石言葉……？　どんな石言葉なんですか？」

『絆《きずな》を強める』、『絆を繋げる』です。……どうかこれからのあなたに、あなたの良さを心から分かってくれる、素敵なご縁が続きますように」

――きっと周りを見てみれば、あなたの優しさとあなたのペースの良さを分かってくれる人が絶対に、いるはずですよ。

そう言って、ティレニアはスミレさんに向けて、悪戯っぽくウインクをして見せた。


「結局、ティレニアが美味しいとこ全部持っていきやがった」

「いやあ、すみませんね。仲間外れにされた腹いせでつい」

ローズクオーツのお客さんが外へ出ていくのを、みんなで見送った直後。玄関ポーチで蒼井くんがぼやくと、ティレニアがにやりと口角を釣り上げて蒼井くんを見下ろした。

完全に確信犯の笑みだ。

「あのなあ、あのお客さんは複数人で話すのが苦手だから、接客人数減らそうって先に相談しただろ」

呆れ顔で見上げる蒼井くんを、ティレニアはジト目で見下ろしてやれやれと首を振る。

「ならば、僕は黒猫として居れば良かったのでは？」

「……」

た、確かに……。

「まあまあ、終わりよければすべてよし、ってね。んじゃ、中戻ろうか」

「叔父さん、まとめ方があまりにも雑過ぎ」

そんな会話を繰り広げる硝子館の面々の傍らで、私はそっと店の扉に手をかける。スミレさんは無事、帰路に着けただろうか。

「……あ」

扉の外に顔を出してみれば、スミレさんの背中はもう店の付近の道からは消えていて。代わりに私の鼻腔を、とある香りがくすぐってきた。

「この匂い……」

雨が止んだ後の、独特な澄んだ静けさと共に漂う、どこか懐かしい匂い。ペトリコールとはまた違った香りだ。

「お、雨が止んだ時の匂いがする」

いつの間にか私の後ろから扉を押し、開けっぱなしの状態にしてくれていた蒼井くんが、空を見上げながらそう呟く。

「あ、やっぱりそうだよね!?」

改めて彼にも同じ匂いが分かることが嬉しくて、私の声は思わず跳ねた。

「……凄い嬉しそうだね、桐生さん」

「うん、だってペトリコールもこの匂いも、感じるかどうかは人それぞれなんだよね」

考えてみれば、そうだ。人はそれぞれ違うのだから、同じ空間に居ても、同じものを感じているとは限らなくて。こうして感覚に共感してくれる人がいること自体が、奇跡みたいなものなのかもしれない。

「自分の感覚に共感してくれる人がいるのって、凄く嬉しいなって思って。ああ、同じように感じる人がいるんだ、自分一人じゃなかったんだなって思えるから」

そう。だから、私は思う。

雨の匂い、そして雨。それらは、良いことも、時には悪いことも、両方連れてくる。

良いこと、悪いこと。嬉しいこと、悲しいこと。

世の中には沢山の出来事があって、その度にその情報量に溺れそうになって、辛くなることもあるけれど。残念ながら人によっては、分かり合えないこともあるけれど。

たとえ、この店での記憶がなくなったとしても。これだけはきっと、覚えていてほしい。

——貴方《あなた》は決して一人ではないと、あのお客さんには覚えていてほしい。

「……そう。嬉しいならまあ、よかった」

「うん。ありがとう」

そしてどうか、『嬉しいこと』が、彼女にも。これから、たくさん増えてくれますように。

第二話・プレナイトの憂鬱

出会いとは、縁とは、不思議なもので。

この広い世界の中で、自分が関わっている人と出会う確率のことを考えると。今こうして一緒に居られること自体が、途方もない奇跡なのだなとつい感慨深くなってしまう。

まさに今、目の前で螺旋《らせん》階段を登っている人との出会いもその一つだなとぼんやり考えながら、私はその背中の後ろを歩く。

なんだかふわふわと雲の上を歩いているような温かい心地なのは、今いる場所が硝子館の中でも特に好きな部屋――『秘密の倉庫』の中だからというのもあるかもしれない。

広大な部屋の中、ひたすら高い吹き抜けの天井部分には大きく丸い窓。宝石が安置されたガラス瓶の数々。窓から差し込む陽の光と部屋の暖かい灯りが、円筒状の部屋の壁面にずらりと並ぶ宝石たちに降り注ぐ様子は言葉を失うほど美しく、壮麗《そうれい》な光景だ。

「おおーい、聞こえてる？」

「へあ、はいっ！」

意外と近くで聞こえた声に現実に引き戻され、私はびしりとその場に立ち竦む。棚に向けていた視線を瞬時に前へ向ければ、そこにはいつの間にやらこちらを振り向き、首を傾げている蒼井くんがいた。

「……なんで敬礼してんの？」

「あっいや、ついなんとなく」

動転するあまり、つい反射で謎の行動を取ってしまった。私はごまかし笑いと冷や汗を浮かべながら、そろりと手を下ろしてみる。

やばい、変な奴だと思われたかも。嫌な汗をかきながら自分の挙動不審さを反省していると、「ふ」という微《かす》かな笑みと共に、蒼井くんがまた階段を登り出した。

「桐生さんって、愉快な人だよね」

「ゆ、ゆかい……!?」

それは一体どういう感想だ。どう反応していいのやら戸惑っていると、「あ、ごめん変な意味じゃなくて」と蒼井くんが再び振り返った。

「変な意味じゃなくて……ええと……その」

なんだか妙に言いづらそうだ。表情も苦いものになっている。

「あの」

「悠斗、更紗。ここにいましたか」

別に無理に言わなくてもいいよと声を出しかけた途端、下の方から声が聞こえた。

「ティレニア？」

「お二方を隼人が呼んでてまして」

軽やかに階段を駆け、最後には五段飛ばしを決めた黒猫姿のティレニアが、その場へ華麗に着地を決める。

「ん、お客さん来た？」

「いえ、別件の大事な用です」

ティレニアがそう答えた途端、蒼井くんの口元がみるみるうちにへの字に曲がった。

「……めんどくさ」

「まあまあ悠斗、そう言わず」

「だって絶対面倒な案件でしょ。そんな匂いがする」

「仮にもこの店の後継者が何を言っているんですか。さ、はい」

尻尾を一度ゆらりとくゆらせた黒猫が、両手をバンザイの形に挙げる。「ええ……何」とブツクサ言いながらも、蒼井くんは丁寧な手つきで黒猫を抱え上げてそのまま階段登りを再開した。

すぐ隼人さんのところへ行かなくていいんだろうか、とは思ったけれど。何かティレニアと蒼井くんの間で話があるようだしと、私は黙って二人がひそひそと会話をする背中を数メートル後方から、邪魔も盗み聞きもしないようについてゆく。

空間をぐるりと取り巻く回廊と螺旋階段。そこに連なる、柔らかい光と宝石たちの、星の瞬きのような煌めき。上も横も下も、どの角度からでも宝石の輝きが周りに満ちている空間を見回し、私はひっそりと息を吐いた。

改めて「この倉庫の管理人が蒼井くんって凄いなぁ」と、心の中で呟きながら。

そう、先程ティレニアが言っていたけれど。この不思議で正に魔法の世界のような倉庫の管理人は、この店の後継者としてこの前認められた蒼井くんが務めている。

磨き上げられ、クリアなガラス瓶の中にそっと置かれている宝石たち。この宝石たちは、ただの宝石ではなくて。

「桐生さん」

一足先に部屋の最上部の棚にたどり着いた蒼井くんが、ティレニアを地面に下ろしてこちらを手招きした。

「ほら見て」

『秘密の倉庫』内の吹き抜け最上部にある『青の宝石の棚』から、彼はとある小さなガラス瓶を手に取る。そろりと歩み寄って眺めれば、瓶の中にはアパタイト――先日のローズクオーツのお客さんの『護り石』として処方された覚えのある石が、ビロードのクッションに恭しく抱かれていた。暖かい南国の澄んだ海をそのままひとしずく切り取ったような、美しく透明感のある宝石だ。

「あ、これこの前の」

「そう、この前メンテナンスに使った護り石。綺麗だろ？」

「えっ、もう傷直ったの!?」

つい数日前にはお客さんのメンテナンスで力を使い果たして真っ二つに割れていたはずの宝石。それが一点の曇りも傷もなく、クリアなガラス瓶の中で煌めいているのだ。

「うん、朝様子見に来たらもう直っててさ。もうこれ、またすぐ使えそう」

——この硝子館の宝石魔法師たちの石は、人との縁も繋ぐ。

ここに保管された宝石たちは、人を助けてくれる宝石だ。一度力を使い果たして壊れても、しばらくするとこうして直って。またいつか、誰かの『護り石』となって、その石言葉通りの力を発揮してくれるのだ。

次から次へと、バトンを繋ぐように。

「最近、宝石たちの調子が良いのです。傷の直りも随分早く」

足元でくるりと瞳を瞬かせた黒猫が、片手を挙げてガラス瓶を指し示す。

「そうなんだ！　凄いね」

「ええ。それもこれも、さら」

「ティレニア、お前なぁ……！」

何やら慌てた様子で蒼井くんがティレニアへと手を伸ばす。当の黒猫はそれをひらりとかわし、ニヤリと不思議の国の例の猫のような笑みを浮かべた。

「おやおや、何が問題で？」

「余計なことしないでくれる」

「なんと失礼な。僕はアシストして差し上げようと……」

「だからそれが余計なんだって！」

何やら言い合いが始まった。よく分からないけれど、隼人さんが呼んでるって話はもういいんだろうか……。

「あのー、二人とも。隼人さんがさっき呼んでたって話は」

言った途端、目の前の会話の応酬がぴたりと止んで。蒼井くんが言葉少なに、「ああ、うん」と苦い顔をしてため息をついた。

「ほら、だからその前に少しでも現状をですね」

「……だから、まだそういう段階じゃないって言ったじゃん」

ティレニアの言葉を遮り、彼の小さな頭をわしわしと撫でた蒼井くんが、またもため息をつきながら踵《きびす》を返す。

「あ、蒼井くん？」

「気乗りしないけど、仕方ないし」

さっきから一体何の話だ。困惑しつつも私は慌ててその後を追い、階下へと足を向けた。

先ほどまで私たちがいた『秘密の倉庫』は、硝子館のレジ奥に広がる廊下にふたつ並ぶ扉の、右側の扉の向こうにある。ちなみに並ぶ扉のうち、左側は更衣室だ。

「お、来た来た」

私たちが『秘密の倉庫』から出ると、更衣室の前に立っていた隼人さんがひらりと手を振って寄越してきた。

「ユウくん、ティレニアから話は聞いた？」

「聞いた。なんでこの時期なわけ？」

「まあまあ、それは後でね。更紗さんは？」

呆れ声でため息をつく蒼井くんの隣で、私は慌てて「いえ、何も」と頭を振る。先ほどから何が何やらなのだ。

「そっか、じゃあ直接紹介したほうが早いかな。みんなこっち来てくれる？」

隼人さんがにこやかに、レジ裏へと続くダークチョコレート色のドアを開ける。ティレニアが隼人さんに続いてするりと扉の向こうへと体を潜《くぐ》らせ、次に私がその向こうを覗き込もうとした瞬間。

「桐生さん」

「ん？」

隣を見れば、そこには気まずそうな顔をした蒼井くんがいて。何度か口を開けたり閉めたりしたのち、彼はなぜか大きなため息をついた。

「……いや、何でもない」

「え」

絶対何でもないわけがない。が、そっぽを向かれてしまっては私としても「そ、そう？」と言うしかなく。

「ごめん。行こっか」

「う、うん」

そのまま戸惑った状態で、蒼井くんと共に店内を覗き込み。私は思わずその場に固まった。

「どうも、こんにちは」

レジの向こう側に見慣れぬ人が、隼人さんの横に立っていた。恐らく同年代か、少し上くらいの年の男の子だ。

横に綺麗に整えられた眉毛の下に配置された、切れ長の涼やかな目。毛先を軽くしたウルフカットの茶髪。色の褪《あ》せたジーンズを穿いた長い足に、白いTシャツという無造作な恰好だけれど、雑誌のページからそのまま飛び出てきたような雰囲気を感じさせる。

前髪をさり気ないアップバングにスタイリングしたその髪型は、明らかに人を選ぶものだけれど。それがまるで、テレビドラマに出てくる若手俳優のような自然さで似合っている男子だった。

「……よ、久しぶり」

隣で蒼井くんが言葉少なに片手を挙げる。気だるげなその表情は、いつも学校やお客さんの前で見せるような顔とは違い、身内の前でするもので。私が少しの驚きと共に彼を見遣っていると、見慣れぬ男子は太陽のような笑みを浮かべて蒼井くんの右肩に手を置いた。

「おー、悠斗！　久しぶり、元気そうで何より！」

「お前も元気そうで何よりだよ……」

ハイテンションな少年相手に、されるがまま肩を揺さぶられつつ、ゆるゆると話すローテンションな蒼井くんとの対比が凄い。実に珍しい光景が、目の前に展開されている。

「で、そのお隣は？　悠斗の彼女さん？」

そして彼は屈託《くったく》のない笑顔のまま、とんでもない爆弾を投下した。私は慌てて首を振って否定する。

「あの、ち、違います！　ここでアルバイトをさせていただいてます、桐生更紗と申します！」

「初めまして」と頭を下げると、目の前の彼は「なるほど？」と言って首を傾げた。

「初めまして、かあ」

そしてどこか面白がっているような声色で、彼はこちらに向かって言葉を続けてくる。

「ほんとに初めましてだと思う？」

「はい？」

どういう話の振り方なのだと戸惑いつつも、改めてそろりと彼を見上げ。少しずつ視線を上げていき、彼の耳にかかるイヤーカフを見て、その既視感に私は目を瞬かせた。

確かに、どこかで見たような。記憶の隅を頑張って掘り返そうとする私の前で、彼はにこやかに言葉を続けた。

「紫陽花、綺麗だったね」

そして蒼井くんに向け、彼は口を尖《とが》らせる。

「そういや悠斗さ、なんであの時無視したわけ？　傷ついたんですけど俺」

「お前だって声かけてこなかったじゃん」

「あ、やっぱ気付いてたんだ。邪魔しちゃ悪いなと思って声かけんのやめたんだけど、何？　声かけてほしかった？」

「めんどくさいから別に要らない」

「照れちゃってまー、仕方のないこと」

「別に照れてない」

おお、あの蒼井くんがここまで塩対応に。わちゃわちゃしている二人の会話を聞きながら――そういえば、と頭の中に記憶がよぎる。

茶髪にイヤーカフ。同じ属性の男の人と、あの時私は明月院の『悟りの窓』の前でぶつかったのだった。確かあの時、カメラを持っていたのが一番印象に残っている。

「ひょっとしてカメラの……？」

「あ、まず思い出すのはカメラなんだ？」

続けて「結構ショックだな、一度見たら忘れられない顔ってよく言われるんだけど」とのたまいながら、目の前の彼はからからと笑う。あっけらかんとした笑い声だが、その台詞の内容はなかなかに凄い。

自分の顔立ちが醸し出す効果と影響力を、よく知っている人間の言葉だった。私の隣にいる、この男子並みに。

「んじゃ、挨拶も終わったとこで改めて紹介するね。彼は緋月史也《ひづきふみや》くん。うちに宝石魔法師見習いとして研修に来た、『赤』の宝石魔法師一族の末裔の男の子です。同い年同士、仲良くね」

ニコニコと人好きのする笑顔で右人差し指を立てながら、隼人さんが高らかに言う。

彼からのその後の言葉を期待してか、誰も話さない時間が一瞬、部屋の中に漂った。

「……ん、詳しい説明は？」

その空気を破り、訝《いぶか》し気な表情で蒼井くんが口火を切る。

「え？　これで全部だけど？」

「はっ？」

短すぎる隼人さんの説明に、目を丸くする蒼井くん。

「ほら、僕から説明するより本人から聞いた方が早いでしょう？　交流にもなるしね。大人は退却するので、あとは若い人たちでどうぞー」

呆気に取られる私たちを尻目に、隼人さんは朗らかな笑みを残してゆらりとレジ奥の扉へ消えて行ってしまった。

あまりに流れるようなその動きに、その場にはぽかんとする二人と笑いをかみ殺す新入りの少年、そしてゆったりと尻尾をくゆらせる黒猫が取り残されることになり。

「ほんと、凄いなあ。つくづく食えない人だ」

くつくつと心底楽しそうに笑いながら、先ほど『赤の宝石魔法師一族』と紹介された少年が、蒼井くんへと目を向けた。

「相変わらずだなー、あの人」

「……悪いね、テキトーな店主で。久しぶり、史也」

「おう。にしても悠斗もほんと雰囲気明るくなったな、よかったよかった」

「とりあえず早く着替えて。服は更衣室に置いてあるらしいから」

「悠斗さ、俺と会話のキャッチボールする気ある？　……おけ、何でもない分かった」

蒼井くんからの一瞥《いちべつ》を食らった緋月くんが親指を立て、足取り軽やかにレジ裏へと足を運ぶ。途中で私にまでにこりと微笑みを振り撒いてくれるコミュ強っぷりに、私は色んな意味で「この人、つよい」と確信した。

が、色々疑問が多すぎる。私は慌てて今の隙にと、レジ裏の扉が閉まるのを見届けてから蒼井くんを振り返った。

「ええと、蒼井くんの友達……だよね？」

「いや別に」

店内のガラス雑貨を綺麗に並べ直しながら、言葉少なに蒼井くんから返事がくる。

「えっ、いや、めちゃくちゃ親しげに話しかけられてたし答えてた気が」

「あー、うん。話しかけてくるから返してるだけ」

スーパークールすぎる答えに、私は「そ、そうなの……？」としか返すことができず。

なんだか全体的に蒼井くんのテンションが低い。助けを求めてティレニアを見遣ると、黒猫は首を振って尻尾をぺしぺしと床にはたきつけた。やれやれとでも言いたげな仕草だ。

「申し訳ございません、悠斗はただ拗《す》ねているだけでして」

「拗ねてる？　何に？」

「ティア、適当なこと言わないでくれる？」

　こちらに大股で歩み寄ってきた蒼井くんがものすごい勢いでしゃがみ込み、満面の笑みでティレニアの頭にがしりと手を乗せる。笑顔が完璧なだけにその圧が怖い。

「動物愛護団体に訴えますよ」

「都合の良い時だけ猫ヅラしないでくんない？」

「おお、怖……更紗、この暴虐王《ぼうぎゃくおう》になんとか言ってやってください」

「え、ええ、あの」

　こういう時、うまく言葉で解決できる話術があれば良いのだけど、思いつかない。謎の言い合いを前に、私は苦し紛れに頭を捻り。

「そうだあの、おやつ食べる……？」

　側《はた》から聞けばなんだその案、と突っ込まれるような案を口にしたのだった。


「え、何この光景？　俺が着替えてる間に何があったの？」

「お着替えお疲れ様です、緋月様も一枚どうです？」

「ああうんありがとう……？　って、猫が喋っとる！」

レジ裏のドアを開けた緋月くんが、レジカウンター上に座り込んでクッキーを手に載せ、差し出してくる黒猫を見て驚愕の声を上げる。

先ほどまでは無造作なTシャツにジーンズという出で立ちだったために緩和されていた『研修生』だという彼の色気。それがネイビーのYシャツに黒い細身のズボンというシックな装いになったことで、完全に滲み出てしまっている。

が、狼狽《うろた》えたように口をぱくぱくさせながら蒼井くんと私を交互に眺める彼を見ていると、等身大の高校生感がしてくるから不思議なものだ。

「えっ、情報量多くて分かんないんだけど……何で猫が喋んの？　君たちは何で店内でクッキー食ってんの？」

「食べ物は人を幸せにしますから、場も和むというもので。ほらほら、どうぞ」

「また猫が喋った……しかも微妙に会話噛み合ってねえ……」

黒猫からクッキーを受け取った緋月くんが困惑顔で私たちを見る。完全に状況が飲み込めていない顔だ。

先ほど、蒼井くんとティレニアの言い合いを止めるためにこの状況を作ってしまった当の私は、内心すみませんと手を合わせる。

この店の面々は、食べ物に弱い。とりわけ甘いモノには目がなくて、特に蒼井くんが好きなのは、はちみつ入りのスイーツ。食べれば大抵の嫌なことは吹っ飛ぶらしく、機嫌が良くなるので、何か微妙な空気になりそうな時にはおやつを提案するのが吉だったりする。

ちなみに今日のおやつはほろほろと口でほどける、ほんのり甘さ優しい黄金色のはちみつバタークッキーだ。

「ていうか、黒猫がクッキー食べていいのか？」

「僕はただの猫ではありませんので」

ドヤ顔で言いながら、ティレニアがレジカウンター上に置かれた籠の中からクッキーをもう一枚手元に引き寄せようとする。その手元からクッキーを引き抜きつつ、蒼井くんが「そっか、史也はこの店来たことなかったもんな」と黒猫を手で示した。

「こっちは都合の良い時だけ猫ヅラする、似非《えせ》敬語猫のティレニアだよ。この店の使い魔みたいなもん」

「あっこら悠斗、さりげなくクッキー奪わないでください」

「いった」

べしりと黒猫の手にはたかれながら、蒼井くんが眉を顰める。そんな様子を放心状態で一瞥した後、緋月くんは私へ目を向けた。

「え、これいつものこと？　これがこの店の通常運転？」

これとはどのことだろうかと私がその質問の意図を考えていると、「黒猫は喋るし、なんか唐突に菓子は食ってるし」という補足が飛んできた。なるほどそういうことか、と私は頷く。

「はい、いつもですね」

「色々とすげえな」

目を丸くしながら、手に持ったクッキーを緋月くんが齧《かじ》る。途端に彼はぱあっと顔を輝かせた。

「おわ、これうんま！　どこの店の？」

「更紗の手作りです」

「え、マジで？　店開けるよこれ」

ここまで屈託のない満面の笑みで手放しに褒められると、どう反応していいか分からない。私はぎくしゃくと「あ、ありがとうございます！」と頭を下げた。

「ちなみに史也の分はもうないから」

「あっちょっ、悠斗待てよ、せめてもう五枚！」

「めっちゃガッツリ食べる気じゃん」

目の前で繰り広げられるクッキー争奪戦。どうやら緋月くんも食欲があるタイプらしい。

僭越《せんえつ》ながら、目の前でたくさん食べてもらえるとだいぶ嬉しいものがある。

うん、料理もっと頑張ろうっと。

「あのそれ、まだ作り置きがキッチンにあるからよければ」

「マジ？　神じゃん。あ、悠斗隙あり！」

にじり寄り、クッキーを二枚奪い取った緋月くんに向けて、蒼井くんは思いっきり顰《しか》めっ面をして見せた。

「お前な」

「だって美味いんだもん」

あっけらかんと言う緋月くんに苦い顔をしながら、蒼井くんが深々とため息をつく。

「……クッキー強奪する前にすることあるでしょ」

「すること？」

「説明」

「あ、そっか。そいや説明全然してなかったわ」

そして緋月くんは続け様にクッキーを口に放り込み、くるりとこちらを振り返った。

「さっきの隼人さんの説明だけじゃ分からんしな。質問、なんでもどうぞ桐生さん」

突然指名され、私はしぱしぱと目を瞬かせる。

「し、質問」

改めてそう言われると、聞きたいことは山ほどあるけれど、何から聞いたらいいか混乱していることに気づいた。

「そうですね、隼人のあれは全く説明になってませんし……本当に隼人には困ったものです」

レジカウンター上からしなやかに跳び下りながら、ティレニアが私の足元へと駆ける。

「うちの店主が失礼しました。緋月様、僕からも適宜《てきぎ》補足させていただいても大丈夫ですか？」

「うん、もちろん」

どうやらティレニアがアシストに入ってくれるらしい。途端に押し寄せる安堵と感謝の念を抱きながら、私は会話しやすいようにティレニアをそっと抱き上げた。

その艶やかでふわふわな毛並みに癒され、カチコチに力が入っていた私の体が少しほぐれる。どうやら知らず知らずのうちに緊張していたらしい。

「ではまずですね、『赤』の宝石魔法師のことですが——更紗、前に隼人から『四神相応《しじんそうおう》』について聞いたこと、覚えていますか？」

「う、うん、それは大丈夫」

かつて少し勉強したから、それはなんとかかちゃんと覚えている。

四神相応。その条件が揃った土地は風水上縁起が良いとして、中世ごろに重視されていたという考え方だ。理想の都市を作るには、東に清い水の川が流れていて青龍《せいりゅう》が棲《す》み、西に大きな道があって白虎《びゃっこ》が居て、南の湿地には朱雀《すざく》が棲み、北の山には玄武《げんぶ》が棲める地を選ぶのがいいのだとか。

かくいう鎌倉も、かつてその条件を満たす土地の一つだったという。

「確かこのお店は『青龍』の方角にあって、宝石魔法師の仕事をするにはこの土地が及第《きゅうだい》点《てん》だったって、聞いた気が」

「ええ、その通りです。僕たちが宝石の『護り手』として主に管理を任されている『青の宝石』は、この土地を好む。だから僕らは、ここに居ます」

言葉を切って、ティレニアは顔を上げた。

「そして、『青龍』の方角以外の土地にも、悠斗や隼人のような宝石魔法師が存在しています。例えば、白虎の方角に居るのは『白』や『透明』な宝石を護る宝石魔法師。玄武の方角には、『黒』や『紫』など、黒に近い色の宝石を護る宝石魔法師が居て――朱雀の方向には『赤』を中心に、暖色系の宝石を護る宝石魔法師が居るのです」

「そーそー、それが俺らってわけ」

ひらひらと手を振りながら、緋月くんがニコリと笑う。私は「な、なるほど」とこくこく頷いた。

「宝石魔法師って、そんなに居たんだ」

「絶対数は多くはありませんけどね。ただ……この世の中には、傷ついている方は古今東西、いらっしゃいますから」

考えてみれば確かにそうだ。この店があるのはここ鎌倉で、そこに来られる人は距離的にどうしても限られる。遠隔地から傷ついた心をメンテナンスされるためにはるばるここまで通うことになるのでは、かえって負担になってしまう。

「ひょっとして、この近く以外にも全国にいるとか？」

「場所を選ぶので、全国どこにでもとまではいきませんが。相応しい土地には居ますし、拠点《きょてん》を持ちつつも自ら各地を巡業《じゅんぎょう》したり足を運んだりするタイプの宝石魔法師も居ますよ。巡業は少しハードルが高いですが」

「巡業……！」

全国を巡業するの、大変そうすぎる。私が驚きの声を上げると、「あのおっさんとかな」と蒼井くんが隣で肩を竦めた。

「えっ、そうなの!?」

蒼井くんがおっさんと言えば隼人さんだ。あの隼人さんが全国を練り歩いて人の心を救いにいく……あ、なんか図が想像できるかも。

飄々《ひょうひょう》とした穏やかな笑みと話し方でいつの間にか人の心をほぐし、リラックスさせてくれる人だもの。今まできっとそうやって、沢山の人を救ってきたのだと思うと尊敬の念が止まらない。

「そ。だからあの人、たまにフラフラ長期間出歩くんだよ」

そういえば、前に私が硝子館へ来たばかりの時も「店を俺に任せてどこほっつき歩いてんだか」みたいなことを蒼井くんが言っていたような。

「だからそういう時は悠斗がうちの店によく預けられたりしててさ。今回はその逆ってわけ」

「それが謎なんだけど。いまお前んとこの店、人が居ないとか？」

蒼井くんの質問に、緋月くんは「いんや？」と首を振った。

「知ってるでしょ、俺のとこ巡業できるタイプの能力者は兄貴だけだもん。あの人パティシエもやってるし、表の家業は年中無休の人気店だし。人はいっつも居るよ」

「こいつん家、洋菓子店なんだ。表向き」

私の「何の話だ」という表情を読み取ってくれたのか、蒼井くんが親指で緋月くんをくいと示す。

「うちはガラス雑貨のお店ですが、表向きの店の形態は一族ごとに違うのですよ。赤の宝石魔法師一族は喫茶店併設の洋菓子店でして」

「へええ、そうなんだ……！」

初めて知った新事実だ。ティレニアの補足に頷いていると、「黒猫さん、よくご存じで」と緋月くんがニヤリと笑みを浮かべた。

「ま、ずっと家業しか見てないってのも井の中の蛙《かわず》でアレかなーっと思って、俺が研修させてもらいたいって家経由で頼んでさ。悠斗もうちで研修してたもんな、おんなじようによろしく」

「よろしくったってお前さ、俺より全然……」

蒼井くんがやれやれといったような様子で言葉を発している途中、店の扉がギイと開く音がした。

どこか途方に暮れたようにきょろきょろと辺りを見回しながら、扉の後ろから女の子が一人、その姿を現す。

「あのう……ここって」

背が高く、すっきりとしたショートカットの女の子だった。学校帰りなのか、スクールカバンを肩からかけ、着ているのは濃紺に白いラインが入ったシンプルなジャージ。胸元に黒い字で『大場《おおば》』と書いてあるので、多分学校指定のものだ。

バレーやバスケなどをやっていそうな雰囲気の、いかにも運動ができそうな印象の子だった。

「いらっしゃいませ」

先ほどまでの呆れ顔はどこへやら、表情を切り替え、にこりと満面の笑みで出迎える蒼井くん。それを前に、彼女はおずおずと頭を下げた。

「すみません、あの、こんな恰好で来るのは場違いでした。こんなこと言うのもあれなんですけど、なんか気づいたらここに入ってて」

　そして、踵を返そうとする彼女。

「あ、あの……！」

　思わず私が慌てて前へ進み出ると、横から驚いたような緋月くんの視線を感じた。が。いまはそれどころではない、と私は重ねて言い募る。

「よかったら、ぜひゆっくり見ていってください」

　だって。彼女の髪の上に留められた、ヘアピンが見えたのだ。

「え、でも」

　ヘアピンというより、バレッタといった方がいいかもしれない。ピンクゴールドの金属に、繊細な飾り彫りのバレッタ。

「高そうなお店だし……」

　飾り彫りの部分は、少し遠目で見ても何の模様か分かるモチーフのものだった。

　シルエットだけで、何の花なのかがすぐに分かる花。五枚の花弁を持つ、春の花。

　そう、桜をモチーフにしたバレッタだ。

　その花弁をかたどった飾り彫りの近くには、その葉を象徴するかのような薄黄緑色の宝石が嵌まっていた。

　――それも、灰を被ったかのように、ぼんやりと黒くくすみ、暗くなりかけの宝石が。

これは早速、メンテナンスが必要なお客さんのご来店だ。

「やっぱりあの、私」

「にゃおーん」

やはり外へ戻ろうとする少女の足元へ、私の腕の中からぴょんと飛び出した黒猫が素早く駆け寄る。彼は可愛らしく小首を傾げ、女の子を見上げてちょこんとその場に座り込んで——

そしてそのまま耳を平らにしてふんわりと目を閉じ、『撫でていいよ』の体勢を取った。どうやら、事情を察して女の子の注意を引きにきてくれたらしい。

ティレニア、グッジョブ。その猫姿の可愛さに抗《あらが》える人間は、そうそういないに違いない。これで足止め間違いなし。

そう思う私の前で、お客さんの女の子はふにゃりと目元と口元を緩めた。

「か、かわ……！」

言いかけた彼女の言葉が、途中でぷつりと止まる。それと同時に、彼女は屈み込みかけた体勢のままで一瞬固まった。

「あー……えっと」

どうしたのだろうとそっと見守っていると、彼女が俯いたまま何かを小さく呟くのが聞こえた。ややあってゆっくりと、その目が私へと向けられる。

「……あの。この猫ちゃん、少しだけ撫でてもいいですか？」

その目は、何かを訴えかけるような色をしている気がした。思わず私が一瞬息を呑むと、間髪いれずに隣から声が聞こえてきて。

「ええ、どうぞどうぞ。ほんに……そいつも完全に撫でられ待ちなので、それ」

「本人」と言いかけた蒼井くんをちらりと薄目で見遣り、ティレニアがゆらりと尻尾をくゆらせる。それに対して蒼井くんは小さく肩を竦めて見せた。

一瞬のうちに、二人の間で伝わるアイコンタクト。それに気づいていない様子の緋月くんは、相変わらず飄々とした様子で黙ってこちらを見守っている。

「ありがとうございます！」

女の子は頭を下げると、こわごわティレニアの小さな頭へと手を伸ばす。そうしてぽふりと黒猫の頭に手を乗せて、ゆっくりと繊細なものを触るような手つきで撫でた。

「ああ、可愛い……もふもふ……猫の頭って、なんでこんなに可愛いんだろう……」

聞こえてくるしみじみとした小さな呟きに、私はしゃがみ込みながら「めちゃくちゃ分かる」と心の中で応えつつ、思わず全力で頷いてしまった。

「特に後頭部らへんなんて、もうたまらないですよね」

「はい、ほんと――」

はっとなったお客さんが、がばりと私の方を見る。

「あ、すみません、私」

みるみるうちに焦り出したような顔つきになり、彼女はその場で立ち上がった。

一体全体、どうしたのだろう。何か私がまずいことでも言ってしまったのだろうかと戸惑う前で、彼女はおずおずと笑みを浮かべて「あの、すみません。お邪魔しました」と礼儀正しくお辞儀をした。そしてまた踵を返そうとする。

「あああの、もしよかったらこれもゆっくり見ていってください」

まだ、彼女がどんな『悩み』を抱えてきているのか、その情報の片鱗《へんりん》が全く分かっていない。慌てて、近くにあった淡いピンク色のクリスタルガラスが嵌め込まれたアクセサリーたちの方向を「色々あるので」と私が指し示すと、彼女はゆっくりと首を振った。

「いえ、……いいんです。見てもあれなので」

『あれ』とは、なんだろうか。

その言葉の意味を考えようとする私の横から、蒼井くんがすいと進み出る。いつの間にやら私がお客さんの足止めに空回りしている側で、彼はいつもの『青の箱』を手にそこに立っていた。

群青色の、深い夜空色の美しい箱。それをお客さんに差し出し、蒼井くんはいつものように「これ、開けてみてください」と微笑んだ。

「え、あの」

にこにこと待っている蒼井くんに気圧《けお》されたように、後ずさりかけた彼女がちらりと私を見る。私は慌ててこくこくと頷いた。

「あの、このお店にいらしてくださった皆さまにお渡ししている、来店プレゼントがありまして。今ちょうどキャンペーン中なんです」

何とか彼女の警戒心を解かねばと言葉を紡ぐ私の横で、「ふ」と声をもらしながら蒼井くんがそっぽを向く。何だか肩が少し震えているから、間違いなく笑っている。何が可笑《おか》しい。

「キャ、キャンペーン」

「そう、キャンペーンです」

目を丸くする女の子に向かい、私はにこやかな表情を心掛けて大きく頷く。

実際そんなものはやっていないのだけれど、数々のバイト経験から、「期間限定プレゼント」や「キャンペーン」と謳《うた》うと、比較的心の負担なく、その商品や配布物を貰《もら》ってもらいやすい……ような気がする。私の見解だけど。

「わ、分かりました」

内心固唾《かたず》を呑んで見守る私の前でぎこちなく頷き、彼女は『青の箱』の蓋に手をかけた。

そうして、箱の中にある『鍵』を見つめて息を呑む。

月明かりに照らされた夜の澄んだ海のように、どこまでも深く、美しい青色。吸い込まれそうなほど深く鮮やかなそのロイヤルブルーの石に店内の明るい照明が差し込むと、ちらちらと瞬く小さな星のような輝きが放たれ、つい目が離せなくなってしまう。

凛と冴えた、魅惑的なブルージュエルが嵌め込まれた金色の『鍵』が、そこにはあった。

「どうぞ、お持ち帰りになってください」

吸い寄せられるようにその鍵を見つめるお客さんに、蒼井くんは柔らかく話し掛ける。

お客さんは一瞬肩を震わせ、躊躇うようなそぶりを見せた後におずおずと彼を見上げた。

「い、いいんですか？　本当に」

「はい、勿論です」

優美な微笑みで頷く蒼井くんを前にして、お客さんは「ありがとうございます」と頭を下げながら、ついに鍵を手に取った。

「もし欠けたり壊れたりしても無料で新しいものに取り換えますので、いつでもどうぞ」

「あっ、はい！」

蒼井くんから話し掛けられ、お客さんは鍵から目を離してこくこくと頷く。

「――長いこと、お引き止めしてしまってすみませんでした。またぜひ、よろしければいらしてください」

「はい、あの、ありがとうございます」

ぺこりとまた一つお辞儀をして、女の子は扉を開けて外に出て行く。

私はその背を見送りながら、ふと、先ほどのワンシーンを思い返して思索にふける。

何か、引っかかって仕方がないのだ。あの時、お客さんが呟いた一言が。

先ほど、ティレニアがお客さんのもとへ撫でられ待ちの体勢で向かった時。ティレニアを撫でようとした手を止めて、彼女が呟いた言葉は。

『ここでなら、いいよね』

そう、言っているように聞こえた。

「ここでなら」って、どういう意味だろう——悶々と考えていると、不意に肩をつつかれる感触がして。

「桐生さん、色々ありがと。助かった」

「おつかれ」と小さく手を挙げた蒼井くんが、ふと口元を緩めて囁いた。

「キャンペーンのくだり、よかったよ」

なんだか面白がっているように弾んでいる声色だ。そういえば先程、笑っていたような。

「ええと……なんかまずかった？」

「ん？　何もまずくないけどなんで？」

蒼井くんがきょとんとした顔で首を傾げる。

「いや、さっき笑い堪えてたみたいだったから、なんかおかしかったのかと思って」

「あー……違う、そういうことじゃなくて」

「ん？」

なにやら彼の歯切れが悪い。しばらく逡巡《しゅんじゅん》するようなそぶりを見せた後、彼はため息混じりに頭をがしがしとかいた。

「まあ、あの、あれだよ。ナイスアイデアだなと思って。お客さんに渡す『鍵』さ。ただのプレゼントって言うより『キャンペーンなので一時的なものですよ、運が良かったですねお客さん』って体《てい》にした方が受け取ってもらいやすいよな」

「確かにそうですね。これからそういう体でいきましょうか」

「うん。桐生さんの案、採用」

「えっ、ほんと!?」

やった、と私は思わずガッツポーズをする。苦し紛れに口にしてしまった言葉だったけれど、少しでもそれが役に立てたなら嬉しい。

「よかったね、サラちゃん。採用だって」

「あ、はい本当に！　……ん？」

思わず大きく頷いて答えたあと、私ははたと我に返る。

「サラちゃん？」

「うん。あれ、名前『更紗』だよね？　ごめん、嫌だったらやめるよ」

眉を下げながら窺うようにそっと尋ねられ、私は確信した。やっぱりこの人はつよい。

間違いなく女子の対応に慣れている。たぶん蒼井くんとは別のベクトルで。

　女子とは距離を少し置きつつそのあしらいが上手く、『憧れの存在』としての地位を築いている蒼井くんと、距離の詰め方が上手く、それでいてしつこくなく自然に屈託なく、こちらのテリトリーにするりと入ってくるような緋月くん。

　これでは、さっきのお客さんの女の子もどぎまぎして、私の方しか見られなくなるのは当たり前である。両人とも、直視すると心臓に悪い。

　しかし。今はそんなことより、事態の説明の方が先だ。先ほどのお客さんの様子も気になるしで、私は気が急《せ》きながら口を開く。

「ええと、何でも好きなように呼んでいただければ……！　それよりあの、さっきのお客さんのことなんだけど」

「ああ、さっきの子の宝石なら、これから鑑定するよ。大丈夫」

　すかさずにこりと天使のような微笑みを浮かべた蒼井くんが『青の箱』を手に持ち上げて見せてくれて、私はほっと胸を撫で下ろした。

「あ、ありがとう」

　そして一拍置いてから、私はその違和感に首を捻る。

　何かが、引っかかるような。一体何が気になるんだろうか。

「はいはい、みんなお疲れ様でしたー！」

悶々とする私の頭に朗らかな声が割って入り、私は顔を上げて声のしてきた方を見る。

「隼人さん」

「やあごめんね、接客ありがとう、みんな」

先ほどまで不在だった店長が戻ってきた。底抜けに明るい爽やかさを振りまきながら、にこやかにこちらに歩み寄って来た彼は、蒼井くんの手からひょいと箱を手に取る。

「ふむ、なるほどね。お客さんに渡した『護り石』、今回は何だった?」

あまりに自然かつ素早すぎて、蒼井くんが反応する間もないほどの動き。呆気に取られて空っぽになった自分の手のひらと隼人さんを見比べていた蒼井くんが、一拍置いて一気にジト目で自分の叔父を見上げた。

「護り石なら、今回はブルーサファイアだったけど……叔父さんさ、別室に行くふりしてずっと見てただろ」

「うん? 何を?」

「とぼけなくていいよ、さっき箱取りに行くときにドアの隙間から見えたし」

「あらら、気づかれてたかぁ」

飄々と微笑みながらあっさりと認める隼人さんに、蒼井くんが「あのさあ」と苦言を呈し始めた。

「こっそり見てるならさっさと入って来なよ。それともまさか、自分が楽をしたいから入って来なかった……とかじゃあ、ないよね？」

「ええ、心外だなあ。僕がそんな人間に見える？」

苦笑する隼人さんに、むっすりとした顔を向ける蒼井くん。

「見えないこともない時もある」

「えっ、ひどいちょっと待って」

そんなやり取りを流れるように始めた店長とその甥に、私の足元に進み出てきたティレニアが「まったく、緊張感のない」とぼやき出した。

「お二人とも、今日からは研修に来てくださった方がいらっしゃるのをお忘れでないでしょうね？」

「もちろん。史也くんごめんね、これがうちの通常風景」

「いえいえ、とても勉強になりました」

緋月くんが完璧な笑顔で応えつつ一礼すると、「勉強ついでに、さっきのバレッタつけたお客様なんだけどね」と隼人さんが人差し指を立てた。

「バレッタ……？　つけてましたっけ、さっきの子」

首を傾げたものの、ややあってから納得したように緋月くんはパチンと指を鳴らす。

「そっか、隼人さんには『心の宝石』が見えるんですもんね」

「そうそう！　流石だねえ、話が早い」

どうやら蒼井くんの言う通り、隼人さんはちゃっかり最初から店内の様子を見守っていたらしい。私が見たものについて補足する必要が全くないほどに、彼はあのバレッタの造形を事細かに説明し始めて。その日はそのまま、情報会議に突入したのだった。

「あ、おかえりー。なんかめっちゃ机震えてたよ」

バレッタをつけた女の子のお客さんが来た、翌日の学校の昼休み。お手洗いから席に戻ると、友人の牧田明美《まきたあけみ》が私の机の上にお弁当を広げつつ、首を傾げた。

「ただいまー。机？」

「更紗のスマホだと思う。机の中入れてる？」

「あ、なるほど。なんかの通知かな」

机の中に仕舞い込んでいたスマホの画面をタップすると、複数のメッセージが表示されていた。さっきの振動の原因はこれらしい。

「……あれ」

差出人の名前とメッセージの内容通知を見て、思わず私は息を呑む。

「えっ、わ、ちょっと待って！」

「どした、急用？　早く返してあげな」

「ご、ごめん。すぐ終わるから、先に食べててね」

解きかけのランチクロスもそこそこに、私は慌ててメッセージアプリを開いた。

『お疲れ様、いきなりごめんね』

メッセージはつい先日、アドレス帳に登録されたばかりの新たな知人からのもので。

『硝子館行く前に買い出し行こうと思って』

『料理担当はサラちゃんだって前に聞いてたんだけど、補充して欲しいものとかある？

あといつも使ってる食品メーカーとかあれば』

そんなお伺いの連絡が、緋月くんから来ていたのである。

「かかか、買い出し……！」

私は慌てて『すみません、買い出しなら私行きます！』と返信する。ちょうど今日、色々と補充しようと思っていたところだったのだ。

『いやいや、俺もあの周辺のこと把握しときたいし』

あちらもきっとお昼休みなのだろう、返事が早い。私が次の返しを考える前に、立て続けにメッセージが来た。

『でもそうだな、もしよかったら一緒に行ってくれると助かるかも。初めて行くスーパーって結構迷っちゃうし』

「売り場で迷うのはめっちゃ分かる……」

が、どうしたものか。もう彼の中で買い出しに行くことは確定しているらしい。ここで私が『私一人で行きますよ』とか言ったら、『一緒に行くのが嫌です』という感じを与えてしまう気がするし。

しばらく逡巡したその数分後。私は待ち合わせ場所と時間の提案を緋月くんから受け取り、『了解です、よろしくお願いします』と返信をしていた。

「とんでもないことになってしまった……」

自分で了解しておいてなんだけれど、正直、蒼井くんと仲がいい男の子と行動するというだけで、ものすごい緊張感がひしひしと押し寄せてくる。

絶対、ヘマはやらないようにしなければ。蒼井くんに「あの人あんな人だったんだ、やばくね？」などと報告されたりなんてしたら私の情緒が死んでしまう。

「更紗？　どうしたの」

「ああ、ちょっと」

アルバイト先の人から、と言いかけて言葉に詰まる。

明美は以前、私のアルバイト先である硝子館に『お客様』として来たことがあるけれど、本人はもうそれを覚えていないからだ。

――心の宝石のメンテナンスが完了したお客様からは、あの店に関する全ての記憶が消える。

それが、宝石魔法師の仕事上、定められていることだからだ。

「ううん何でも。ごめんねスマホ見てて」

「全然！　お疲れ様ー」

私が詫びを入れつつスマホを仕舞い込むと、「それにしてもさ」と明美は口火を切った。

「王子は相変わらず凄いね。あの人が一人になってるとこ、見たことない。見てあの人だかり」

「ん？」

明美が親指で示した方向を見て、「確かに」と私は頷く。

示された先には、我がアルバイト先の仲間であり、高校のクラスメイトこと学校の『王子』でもある蒼井くんの姿があった。彼はいつも比較的一緒にいることの多い、サッカー部の爽やかな男子たちとお弁当をつつきつつ談笑していて。

そのすぐそばを通りかかっては話しかけにくる女子に笑顔で返事をしてはお弁当を食べ、友人とも談笑し。その間、自然な笑顔を絶やさないのだから実に器用である。

「なんか今日、全体的に人だかりすごいね？」

「そうそう、それ思って。多分髪切ったからだよね、王子が」

私の所感に、明美がこくこくと同意する。それもそのはず、先ほどから蒼井くんに話しかけてくる女子の数がまあ多いのだ。

「……髪？」

「ほら、切ってるって。爽やかさが増したし、前髪の分け目がいつもと違ってそれもまたいいって評判らしいよ」

言われてみれば確かに、若干髪が短くなっているような。

にしても。普段、蒼井くんの前髪ってどんな分け目してたっけ。そんな一定の前髪だったか記憶にない。

「評判らしい、とは」

「さっきみんなから聞いた。情報収集は学校生活の要よ」

凛とした顔立ちににっこりと微笑みを浮かべ、明美がお箸を振る。いつもながら、クラス内の噂や評判に対する、情報収集の速度が速い。頼もしすぎる。

「私も覚えてなかったんだけど、いつもは前髪を右に流してるらしくて」

「ほへー……そう言われてみれば、確かに……？」

言われてみれば、そんな気がしてきた。

にしても前髪の分け目チェンジという些細《ささい》なことまで評判になっているぞ、蒼井くん。

そう思いつつ、「前髪といえば」と私は別の人物のことを思い出す。その前髪かきあげスタイルの少年が来て、そしてあの緑色の宝石のお客さんが来た時のことも。

結局あの後、私に見えていたあの女の子の桜模様のバレッタのことも、くすんだ緑色の宝石のことも、隼人さんが全部説明してくれて。

私も私で、あの子が呟いた「ここでなら、いいよね」の言葉や気になったことを報告したけれど、やっぱりあの場で得られる情報には限りがあって。その日は「宝石を鑑定したあとはいつも通り、動きがあるまで待とう」という結論に終わった。

そろそろ、お客さんの『心の宝石』であるあの緑色の宝石は、鑑定を終えたのだろうか。うっすらと見えた地の色は、どこかマスカットを思わせる淡い緑色がほのかに覗いていた気もする。あれは、なんの宝石だったんだろう。

「いやー、ほんと更紗ってさあ……」

「ん？　あ、ごめん、ちょっと考え事しててぼけっとしちゃって」

顔を上げれば、何やら明美が生暖かい目でこちらを見ていて、私は慌てて頭を下げた。思考の波に耽《ふけ》ってしまうのは私の悪い癖だ。

「違う違う、そうじゃなくて」

謝る私に、明美は「違うのよ」と繰り返した。

「違う？」

おうむ返しに繰り返す私を見て天井を振り仰ぎ、明美は手で目を覆う。

「なんかもう逆に、彼が気の毒になってきた」

「ん、ちょっと待って何の話？　彼って誰？」

「誰の、何の話でしょうねえ」

のらりくらりと確信犯の笑みで微笑みながら、明美がお弁当を食べ進める。

「ま、私はそっと傍観《ぼうかん》させてもらうね」

「へ？　傍観？」

その後も何故かニヤニヤとする明美から情報を聞き出すことは出来ず。考えることが増えた私は、悶々とその午後、色々考え込む羽目になったのだった。


「あ、そういえばさ。この前のあの中学生の女の子の心の宝石、『プレナイト』だってね」

「なんと！　そうだったんですね」

その日の放課後、緋月くんと無事にスーパーでの買い出しを終え、硝子館へ向かう途中。

初耳情報を彼から聞いて、私は目を丸くした。

「あれ。もしかして聞いてなかった？」

「はい、初耳です」

「さっきから思ってたんだけど、何で敬語なの？　同い年じゃん」

柔らかく言いながら、緋月くんが制服の白いYシャツをたくし上げる。その片手には、買い物した食材が入ったスーパーの袋。

白いYシャツに黒いズボン、ネクタイ等は特になし。さらりとシンプルな制服だけれど、彼のその制服は私立の有名進学校である男子校のものだった。

「せっかく俺ら三人とも同い年の仲間なんだからさ、敬語だとちょっと距離感じて悲しいなー、なんて」

先ほど彼からは「男子校のノリだから、つい距離感バグってたらごめんね」とのお言葉を賜《たまわ》ったが、バグっているというより元々親しみやすい人なのだろう。

「わ、分かり……分かった、タメ語で。ありがとう」

心遣いがありがたすぎて恐縮だ。そして恐縮ついでに調べたいことも出てきて、私は彼の隣から一歩後退しながら「ちょっとごめん、調べ物を」と断りを入れる。

「プレナイトの宝石言葉なら、『忍耐力』に『根気』だよ」

制服からスマホを取り出そうとした瞬間、調べようとしていたことをあっさりと口に出され。私はギシリとその場に固まった。

「え、なんで？」

「サラちゃん、素直で分かりやすいね」

「うっ」

どうやら、何でもお見通しらしい。私は観念して両手を宙に掲げ、降参の意を示す。

「凄いね、緋月くんは」

「『凄い』って言葉を心からそんなにしみじみ言う人、久しぶりに会ったよ」

「いやだって、本当に凄いから」

二人でスーパーの袋を下げて小町通りを歩きつつ、私は頬をかく。

今は平日の昼下がりの午後だけれど、流石は観光スポット。土日のようにとはいかないまでも道は人々で賑わい、活気を見せている。

「そういえば、宝石の鑑定結果って誰に聞いたの？」

「悠斗からだけど」

キョトンとした顔で言ってから、彼は少しだけ首を傾げた。

「そういやサラちゃんと悠斗って同じ学校の同じクラスだよね？　……つってもあれか、学校で宝石魔法師の話なんか出来ないか」

「あ、うん、そうなんだよね」

実際は私と蒼井くんの学校でのやり取りが希薄《きはく》すぎるせいなのだけど。いい感じに解釈してくれていて、私は内心焦りつつこくこくと頷く。

「悠斗、未だに学校じゃ女子と連絡先交換しない主義なの？」

「うん、そうそう」

「そこは変わんないんだ」

　ははっと笑いながら、緋月くんは歩いていく。

「昔からなの？」

「そー。相変わらず不器用なんだなぁ」

　不器用と称しつつ、その声音は柔らかい。ああ、友達として大事に思っているんだなと感じさせるものだった。

「でも、変わったとこもあるみたいでびっくりした」

「変わったところ？」

「あいつあんなに食べ物に執着するやつじゃなかったもん。食べられればなんでも、みたいな」

　顎に手を当て、彼は思い出すように目を細める。

「うちの親父とか兄貴の作るケーキ、美味いって評判らしいんだけど、それ食べた時より昨日のが反応良かったな。流石、昨日のクッキー美味かったもんね」

「いえあの、私のは本職の方の足元にも及ばないので！　お恥ずかしい限りです」

　私は慌ててぶんぶんと手と首を振る。何せ緋月くんの家は洋菓子店。本物のプロである。

　恥ずかしさのあまり、私は「それにしてもさ」と話を少しスライドさせることにした。

「緋月くんのお店、ケーキも作って宝石魔法師の仕事も同時にって、凄いよね」

「まー、うちは兄貴の出来がいいからさ。ほんと凄いよ、うん」

ははは、と朗らかに短く笑い、今度は緋月くんが「それよかさ」とこちらをくるりと振り向いた。

「サラちゃんってすっごい謙遜《けんそん》するよね。もっと『自分って天才かも』くらいのスタンスでいいのに」

一度せっかく逸らした話題を戻された。これは手強いなと内心恥ずかしさと葛藤《かっとう》しつつ、私は「て、天才スタンス……？」と緋月くんの言葉を繰り返す。これはどう反応したらいいんだろう。

「うん。まあこれ、悠斗の受け売りなんだけど」

彼曰く、昔の蒼井くんは赤の宝石魔法師一族の店に居た時に研修生として、小さいお客様へのメンテナンスのお手伝いをしていたらしい。

「いつだったかな、小学生くらいの男の子が来た時にさ。その子に向かってあいつが帰りがけに言ってたセリフ、なんか記憶に残ってて」

――君はもう十分、凄く頑張ってるよ。もっと『自分って天才かも』くらいに思った方がちょうどいい。

「あいつさ、人のことばっかなんだよな。ほんとアンバランスなやつだよ、心配になるくらいに」

どこかしみじみとした調子の滲む声で呟いた後、緋月くんは「俺がこれ言ってたこと悠斗には内緒な」とニヤリと笑った。

「あいつ多分、『は？　何言ってんの？』って不機嫌になるから」

「あはは、確かに言いそう」

昨日、少しやり取りを見ただけでも分かる。蒼井くんは彼に対して気を許しているし、本当に仲が良いのだと。

身内認定をするほどに話し方がぶっきらぼうになる蒼井くんの一面。それがありありと出ていて、一見塩対応にも見える会話がもの凄く微笑ましく見える。

「……ん？　あれ？」

「どうしたの？」

「いや、悠斗ってサラちゃんにもそういう対応なの？」

何やら首を捻り出す緋月くん。そういう対応とは、ぶっきらぼうバージョンの蒼井くんの言動のことだろうかと思いつつ、私は浅く頷いた。

「うん、時々」

「え、そうなんだ？」

そう言うなり何故かまじまじと見つめられ、どことなくバツが悪くなる。私はそろりと周りを見るフリをして、視線を他所《よそ》に逃がした。ちょうどいま歩いている小町通りは人で賑わっていて、こうしても別に不自然ではないはずだ。

見覚えのある人影を視界に捉えたのは、その時だった。

「……あれ、あの子」

「どした？」

私は目を見開き、小町通りにある、綺麗な色とりどりの手ぬぐいが並ぶとあるお店を手でそっと示す。

「昨日、お店に来た子だよね？」

学校帰りなのだろう。先日店に来た時と同じジャージ姿に、ショートカットの髪型。その横顔を見て、緋月くんが「お、ほんとだ」と目を瞬かせた。

「ちょっと様子見しよっか。何か分かるかもしれないし」

「うん」

私はすぐさま頷く。そして緋月くんと一緒にそっと雑踏に紛れつつ気取られぬよう近づき、彼女の様子を見守った。

手ぬぐい屋さんの店頭にある、色彩豊かなてぬぐいやハンカチ。それをじっと見つめる、彼女の様子を。

彼女は周りを一度見回し、何種類かの手ぬぐいの中から、とある手ぬぐいを手に取った。淡く美しい桜色の地に、白や赤色の線で桜の花びらが描き出された、綺麗な手ぬぐいだ。

「……あ」

そしてふと目線を上げた私は、息を呑む。

彼女の髪に留まっているバレッタの上の緑色の宝石。それが前よりも、断然どす黒くなってしまっているのだ。

前までは少しだけその地が見えていた、艶やかな穫れたてのマスカットのような緑色をしていたプレナイト。それがほぼ完全に、くすんでしまっている。

もしかしたら、近日中またあのお店に来るかもしれない。それくらい、その色は暗くなってしまっていて。

「……どうしたんだろう」

私は思わずポツリと呟く。しばらく少し離れたところから様子を窺ってみたけれど、彼女は店先で手ぬぐいを持って佇《たたず》んだまま動かないのだ。

そして、恐らく数十秒は経ったかと思われる頃。

「あ、動いたよ」

私たちの前で、女の子はふいにぴくりと顔を横に向け、一瞬身を強張らせる。それも束の間、彼女はくるりと踵を返し、足早に立ち去って行ってしまった。

何を見ていたのだろうと視線を巡らせてみれば、ジャージを着てテニスラケットを背負った中学生男子と、制服姿の女子たちがそちらから歩いてきていた。男子二人と女子三人。

自転車を歩きながら押す男子と、その横顔を見上げながら無邪気に話す女子。その横顔はとても楽しそうで、夏のプールの清涼感と少女漫画の青春シーンを切り取ったような輝きを放っている。

「あの子たち、さっきの子と同じ中学の子だね」

ふと隣からそんな声が落ちてきて、私は驚いて緋月くんを振り仰ぐ。

「え、なんで分かるの？」

そういえばそもそも先ほど、彼はあの先日のプレナイトの女の子を「中学生」と言っていたっけ。

「昨日のお客さん、ジャージ見て中学は目星ついてたからさ。あとはあのテニス部の子たちのジャージの背中に書いてあった学校名が一緒だなと思って」

「ん、ちょっと待って、ジャージ見て中学が分かるの？」

「おー、分かる分かる」

あっさりと頷かれ、私は絶句する。そんな私を見て、彼はその甘いマスクににっこりと笑みを浮かべた。

「俺、記憶力がそこそこいいんだよね。制服とか規定のジャージ見ればどこの学校か大体分かるよ」

「そこそこどころか、めちゃくちゃ記憶力いいね」

「だろー？　……ってあれ、ちょっとごめん電話だ」

制服のズボンの中からスマホを取り出し、その画面を見た緋月くんの顔に苦笑が滲む。

「はいはーい、俺俺。……ああうんそう、いま向かってる。そんな怒んなって、ちゃんと収穫あったから報告するよ。……え、別に何も。気になるなら直接聞けばいいじゃん。じゃね」

『おま……！』

相手側の微かな声が私の耳に届いた次の瞬間、緋月くんはスマホの通話終了ボタンを押していた。

「あの、今のって」

電話向こうのあの声には聞き覚えがある。私の問いに、「当たり」と言いつつ緋月くんが肩を竦めた。

「怒られちった」


これは一体、どういう状況なんだろう。

「じゃあ次ね。『三大貴石』は何を指したっけ？」

ティーポットを温めつつ、お湯が沸くのを待つ蒼井くんから質問が飛んでくる。

「ええと、ルビーとサファイアと、エメラルド」

「うん、正解。じゃあブルーサファイアの種類は？」

「種類……？　ブルーの濃さみたいな？」

「あ、薄力粉こぼれるよ、大丈夫？」

「あああああごめん、ありがとう」

ふるいの位置を戻してくれた蒼井くんに感謝を述べつつ、私は慌ててふるいの下のボウルを覗き込む。よし無事だ、ギリギリこぼれてない。

「ええとそれで、ブルーサファイアの種類だっけ」

買い出しをしたあと、硝子館へ着いてからすぐのこと。制服から着替えるなり、蒼井くんに「お客さんに出すスイーツの練習」だと言って私は硝子館のキッチンに連行され。

そしてなぜかこうして作業をしつつ、横で蒼井くんからの宝石の勉強アンドその復習の質問を立て続けにされていた。謎のシチュエーションすぎる。

ただ、解説と質問を繰り出してくる蒼井くんに怒っている様子はもうなく（硝子館に私たちが到着した時、若干仏頂面だったのだ）、そこはだいぶ安心した。

というか、彼は何に怒ってたんだろう？

「そうそう。ああ、でもこれは話してなかったかも。ブルーサファイアって種類が色々あるんだよ。コーンフラワーブルー、ロイヤルブルーにカワセミのブルー、あとソフトブルー、インクブルーとか。サファイア自体色んな色があるし、今度実際に並べて見せてあげる」

「ほんと!? ありがとう」

塩と卵を、薄力粉を入れたボウルに投入して混ぜながら、私は思わず声を弾ませる。実際に実物を並べて拝める機会なんてそうそうない。

「……」

が、返ってきたのは謎の無言だった。何かおかしいことでも言っただろうかと顔を上げると、こちらを何か言いたげに見る蒼井くんと、ばっちり目が合ってしまい。

「蒼井くん？　どうしたの？」

「……いや。そこのニルギリの缶、取ってもらってもいい？」

「あ、うんどうぞ」

ただ単に、私の隣にある紅茶の缶に用があっただけらしい。頷いて缶を差し出すと、彼は「ありがと」と言ったのち、またも無言で茶葉の分量を量り始めた。集中しているのだろう。

私も私で、混ぜ続けていたボウルの中身に粘りが出てきたところへ、みかんのはちみつと牛乳を少しずつ注ぎ入れつつ混ぜていく作業に突入した。つまりは無心の作業なので、話を切り出すなら、今が絶好のチャンスである。

「あの、蒼井くん。もっと早く言わなくてごめんなんだけど」

先ほどから話すタイミングをずっと見計らっていたのだけど、あれよあれよと言う間にキッチンに来て作業が始まり、蒼井くんの宝石講座が始まったので完全に口を挟む余地がなく。伝えるのが遅くなってしまったのだ。

「さっき、街中で昨日の」

「ああうん、昨日のお客さんが居たって話？」

言い終わる前に、ドンピシャの内容を先に言われてしまった。

「あの、緋月くんからもう聞いた？」

蒼井くんが無言で浅く頷くのを見て、私は天井を仰ぐ。流石だ、連携が早い。私の出る幕全く無しだ。

「だからそっちは大丈夫。なんとなく分かった」

「え、もう？」

彼はポットにお湯を注ぎはじめながら、「うん」と頷いた。

「今回はメンテナンス要員に史也をめっちゃ働かせてやろうと思ってさ。あいつ放っとくとすぐフラフラするし」

「お、おお……！　そしたら、私は裏方頑張るね！」

蒼井くんと緋月くんならきっと大丈夫だろう。蒼井くんは単独でもメンテナンスをこなせるのだし、その横に緋月くんがいるのなら鬼に金棒バディの誕生だ。

「うん、ありがとう。頼りにしてる」

蒼井くんがふわりと微笑む。学校で女子をイチコロにすることで有名なその笑みは、まるで男性アイドルがファンに向ける微笑みのよう。これは女子が騒ぐはずだと、私は改めてしみじみ思う。

「他、なんかある？」

「え？」

「言いたいこととか聞きたいことがあれば、なんでもどうぞ」

「うーん……なんでも……」

そりゃプレナイトの女の子のことが一番気になるけれど、まずは自分で考えてみなきゃだしなと私は悩む。

あの子の悩みのこと、行動のこと、バレッタについた心の宝石『プレナイト』のこと、『護り石』のブルーサファイアのこと。

先ほどの蒼井くんの勉強タイムで今回関係ある宝石のことについては教えてもらっているし、ヒントは与えてもらっている。少しでもこれから戦力になれるように、自力で頑張らなくては。

となると、今蒼井くんに聞きたいことは特に何もないかもしれない。

「特に何もないかな」

言った後に、何故かしばし沈黙が続いた。なんだろう、この気まずい空気。

「……手伝いとかもいらない？」

それ、と言いながら蒼井くんが私の手元にあるボウルを指差す。

私は瞬時に考えを巡らせた後、心の中でポンと手を叩いた。なるほど、これは「手伝おうか」の切り出しだったのか。

「えーと、そしたらフライパンあっためてバター溶かしてくれると助かるかも……？　あっ、手が空いてなかったら大丈夫！」

そう、今日は蒼井くんのリクエストでイギリスのパンケーキを作るつもりなのだ。

ブリティッシュ・パンケーキはパンケーキという名称ながら、一般に言うあの分厚い生地のものとは一風変わったスイーツで。その生地は丸く薄く、パンケーキというよりクレープに近い。何枚も焼いて山盛りになったそれを取り分けつつ、砂糖をかけたりレモンを搾ったりして食べることが多い一品なのだけど、薄いだけに焼き加減には注意をしないといけない。人手があるととても助かる。

「フライパンにバターね。ちょっと待ってて、これ終わったらすぐやる」

茶葉をこした紅茶を別のティーポットに手際良く入れ替え、てきぱきと私の言った通りに準備をし出す蒼井くん。

「他は何かある？」

「あ、今はないかな」

とりあえずまだ生地も出来てないしと丁重に辞退すると、「他に言いたいことでもいいよ」と追撃がきた。

さっきから本当にどうしたんだろう、蒼井くんがなんか変だ。

訝しく思いつつも、先ほどの沈黙の気まずさを思い返し、私は必死に言うことを考える。

他に言いたいこと、というか話題か。何なら話が広がるだろうか。

「えーと、そういえば蒼井くん、髪切ったね……？　とか？」

結局。昼間に明美とした会話に引き摺られてか、自分でも「なんでその話題なんだ」案件を口にしてしまった。

「え」と虚を衝かれたような顔をしている蒼井くんを見て、「ですよね文脈なさすぎるよね！」と内心私は叫ぶ。たぶんもっと他に話題はあった。すぐ考えつかない自分の頭が恨めしい。

「……ああうん、一昨日にね」

ああ、それでも話に乗ってくれる蒼井くんの優しさが泣ける……。

「そ、そうだったんだ。クラスの女子内で『前髪の分け目がいつもと違ってそれもまたいい』って話題になってるらしいよ」

　流石だねと言いながら蒼井くんを見ると、彼は目に手をあてて俯いていた。

「蒼井くん？」

「……あー、うん。よく分かった、うん」

　のろのろと、蒼井くんが深いため息を吐きながら動き出す。なにがよく分かったんだろう──そう私がぼんやりと考えていると、「あ」と蒼井くんが私の顔を指さした。

「そこ、睫毛《まつげ》ついてるよ」

「え、どこ？」

　私が慌てて彼の指さす方向を見定めて自分の頬に手を遣ると、「ここ」と不意に彼の手が伸びてきた。──そしてその直後、止める間もなく。

「……なんか、痛い気がするんですけど」

「桐生さんの気のせいじゃない？」

「いや、つねってるよね？　これ」

「失礼な。睫毛取ってあげただけなのに」

　悪戯っぽい笑みを浮かべつつ、彼が私の頬から手を離してひらひらと手を振る。軽くつねられた時のじんわりとした熱が残った部分をさする私もなんのその、彼は飄々と「んじゃ、さっさとパンケーキ焼こうか」と私が持っているボウルに向かって、手を差し出す。

なんだろう、何かに負けた気がする。というか、つねる必要はどこにあった？

「ほら、もうバター溶けたよ」

「あ、うん了解。すぐ焼くね」

これからおたま一杯分の生地を流し込み、フライパンの底に均等になるように生地をならし、薄く焼いていく――そんな作業を、生地がなくなるまで繰り返すのだが。

「……」

またも沈黙が落ちてしまった。が、生地に集中しないといけないので顔を上げて様子を窺うこともできず。悶々としつつ生地を焼いていると、ふと蒼井くんが微かに動く気配がした。

「……桐生さんさ」

「うん？」

「あいつとさっき、なんかあった？」

あいつとは誰だと思いかけて、状況的に一人しかいないと私は理解する。緋月くんのことだ。

何かあったかと言われても、別に特に何もない。あるとすれば、緋月くんが蒼井くんを友人として大切に思っていることを改めて間近で知ったということくらいかも。

『あいつさ、人のことばっかなんだよな。ほんとアンバランスなやつだよ、心配になるくらいに』

『俺がこれ言ってたこと悠斗には内緒な。あいつ多分、「は？　何言ってんの？」って不機嫌になるから』

「桐生さん？」

怪訝《けげん》そうな声で横から問いかけられ、私は思い出し笑いをしかけていた顔を引き締める。

やばい、だらしない顔してたかも。

「ああ、えっと、蒼井くんには素敵な友達がいるんだなぁって思ったよ」

「……」

返って来たのは無言のみである。どうして。

彼の反応が分からないことに不安で振り向きたいけれど、薄いクレープ地みたいな生地は焼けるのが早く、目を離すとすぐ焦げてしまう。

どうしたものかとやきもきしていると、突然横から、パンケーキをひっくり返すためのヘラを持った手が伸びてきた。

「……」

そして私の隣に立った蒼井くんが、無言でパンケーキをひっくり返す。それも、随分慣れた手つきで。

「あのさ」

「はい!?」

しばらく無言を貫いていた蒼井くんが口を開き、私は思わずぴしりとその場に居直った。

「……桐生さんって、人のこと頼らないよね」

「え、いや頼らせてもらってるよいつも。さっきも手伝ってもらったし、そもそもバイトとして雇ってくれてるのがほんとにありがたすぎて」

私は心の底からの感謝を込めて蒼井くんを拝む。

「いやそれ、頼ってるうちに入らないから」

「えっ、入るよかなり！」

「俺が入らないって言ったら入らないの」

なんだその謎理論は。次に継《つ》ぐべき言葉が迷子になった私の横で、蒼井くんが「まあ、あれだよ」とぽつんと呟いた。

「なんかあったら俺にもすぐ言って。なんでも手伝うから」

どこか躊躇うような調子で、パンケーキを見つめたままで。蒼井くんが言葉を紡ぐ。

なんだか抽象的で、どんな場面を想像して言っているのかよく分からない言葉だったけれど。

その言葉が、嬉しくてありがたいものだと言うことは分かる。それと同時に、さっきまでは意識していなかった搾りたてのレモンの匂いが胸に迫ってくるような感覚がした。

――この感覚は、なんだろう。

「……うん。ありがとう」

落ちる沈黙が、さっきとは違ってこそばゆい。蒼井くんもなんだか無言だし、この状況をどうしたもんかとぐるぐる考えている時だった。

「おお、良い匂いが。今日のおやつはなんですか!?」

「わ、ティレニア!?」

わくわくとしたような明るい声と共にキッチンの扉が開き、足元へ黒猫が歩いてくる。

「お、さてはイギリスのパンケーキとコーディアルアイスティーの組み合わせですね？」

テーブルの上に置かれた材料で察したらしいティレニアが目を輝かせた。正解だ。

エルダーフラワーという花を、ハーブやレモン、フルーツと一緒に砂糖に漬け込んでシロップにした、エルダーフラワーコーディアル。これはマスカットにも、花の匂いにも似た香りがふわりと香るシロップで、アイスティーと組み合わさるとすっきり爽やかな風味がプラスされた飲み物になる。蒼井くんが作ろうとしてくれていたのはそれだ。

「そうそう。みんなで食べよ」

「では早速、休憩室の準備を。あ、申し訳ありませんが僕の分のパンケーキは先に切り分けておいていただけると助かります！　ではまた後ほど」

言うなり、黒猫はピュッと駆け出して行ってしまった。早い。

「え、また黒猫姿のまま食う気か？　最近変身めんどくさがるなー、あいつ」

「黒猫のままでも、切り分ければ食べられるんだね……」

「もはや黒猫の定義が不明だな」

そのあとみんなでいただいたレモンシュガーの味のパンケーキとコーディアルアイスティーの組み合わせは、ほんのり甘酸っぱく爽やかで。とてつもなく美味しかった。


「あ、そろそろお客様が来るね。更紗さん、お茶菓子の用意お願いできるかな？」

プレナイトのお客さんが来てから数日後のこと。金色の懐中時計のようなものを見ながら、硝子館のレジカウンターに寄りかかった隼人さんが微笑んだ。

「承知しました！」

「あ、それからお客様の対応もそのままお願いできるかな。悠斗くんと一緒に」

「え」

この前、蒼井くんは確かメンテナンス要員に緋月くんを指名するつもりだと言っていた気がするのだけど。私で果たしていいんだろうか。

「あの、私でいいんですか……？」

「いや、むしろお願いしたいんだよね。ね、悠斗くん」

隼人さんの呼びかけに、店の窓ガラスを磨いていた蒼井くんがゆっくりとこちらを振り向いた。その顔は明らかに不機嫌顔だ。

「えと、やっぱり私じゃ力不足では？」

「え？　何で？」

慌てて隼人さんにひそひそ声で言うと、キョトンとした顔で返された。表情が甥っ子そっくりだ。

「いえあの、ちょっと」

「はい、そこまで。桐生さん、ちょっと来てくれる？」

つかつかと歩み寄ってきた蒼井くんが、私の服の袖を引く。連れられるがままキッチンまで辿《たど》り着くと、彼はくるりとこちらを振り向き、「ごめん」と頭を下げた。

「え、あの」

「話し合ったんだけど、あのおっさんがどうしても退《ひ》かなくて。……本当に申し訳ないんだけど、一緒に接客お願いしてもいいかな」

「も、もちろん。こちらこそよろしくお願いします」

なぜこんなにも、彼は謝るのか。戸惑う私に、蒼井くんは「ごめんね」と繰り返して眉を寄せた。

「基本的に俺に任せてくれれば大丈夫だから」

「よろしくね」と続けた蒼井くんの表情を見ながら、私は「おや」と最近の違和感の元にやっと気づく。

——最近の蒼井くんはなんだか、学校でする表情や笑みを、この硝子館でも浮かべることが多い気がして。

「こちらこそ、よろしくお願いします」

妙にざわつき始めた胸を抱えたまま、私はこっくりと頷いた。

「あの、すみません。修理のお願いに来たのに、スイーツとか飲み物まで出してもらっちゃって……」

隼人さんの言った通り、プレナイトのお客さんはその日に来て。

私は今、蒼井くんから託された、第一の壊れかけた『護り石』を手に、応接室で彼女と対面していた。

いつものお客さんと同じく、この硝子館で受け取った鍵のチャームの修理を依頼しに、彼女が来たのはつい先ほどのこと。

実は宝石魔法師のメンテナンスの一環として、一度『護り石』が壊れたお客さんは、またこの硝子館を再訪するようになっているのだ。彼女たちからは分からない魔法の力で、壊れてしまった『護り石』のチャームを修理できないかと頼まなければいけない気になる――そういうふうに、なっている。

目の前のテーブルの向かい側には、この前見た時と同じジャージの恰好をした、プレナイトの女の子。そして私の横には、蒼井くん。

テーブルの上にはいつもと同じビロードの箱が置かれ、数々の宝石の真ん中に曇りなく薄黄緑色に光る宝石が鎮座している。

その名もプレナイト。目の前の女の子の『心の宝石』と、同じ宝石だ。

まるでその色は穫れたての瑞々《みずみず》しいマスカットの果実のよう。ぷるりとした質感を感じさせるその宝石は、穢《けが》れを知らないかのように光り輝いている。

そしてその隣には、すっかり空になったパンケーキのお皿があった。

「いえいえ、とんでもない。お味はいかがでしたか?」

蒼井くんの問いかけに、女の子は顔をほころばせてこくこくと頷く。

「すっごく美味しかったです! このお茶もクレープも」

縁はカリッと、中心はもっちり。砂糖とレモン果汁とたっぷりのはちみつをかけたブリティッシュ・パンケーキは無事気に入ってもらえたらしく、私はほっと息を吐く。この前練習した甲斐があった。

そしてお茶も、流石は蒼井くんが淹れただけあって、お客さんの言葉通り本当に美味しい。クリアなグラスに、ほのかなマスカットのような香りのエルダーフラワーコーディアルを加えた紅茶。そしてスライスしたレモンにミント、カランと鳴る涼やかな氷。見た目も味も爽やかで、こちらもお客さんはいたく気に入ったようだった。

一番気に入ったのは恐らく、別のものだけれど。

「……やっぱりこの猫ちゃん、可愛いですね」

テーブルの上には、いつもは居ないはずの存在が今日だけは鎮座していた。

——すうすうと丸まって眠る、黒猫姿のティレニアである。

因みに眠っている体でいるが、勿論お客さんにバレないように寝たふりをしているだけで、起きてはいる。

今回、蒼井くんの要請によりこうした配置になった彼は、本物の猫らしく平和にすやすやと眠っている体を装っている。時折耳をぴくりとさせたり、もぞもぞと少しだけ動いたりと芸が細かい。

「猫ってこんな感じで寝るんですね」

そう言って本当に嬉しそうに、彼女はティレニアを見つめる。その頭に着いているバレッタの上の宝石の色は、まだ暗い。

それに、と私は先ほど気づいたことを確かめるために、彼女の様子をじっと見守った。

「やっぱり可愛いなぁ……」

そう呟くお客さんの顔が、一瞬曇る。

やっぱりそうだ。この子は『可愛い』というワードを口にするたび、口をきゅっと引き締めて少し泣きそうな顔をする。ほんの微細な表情の変化だけれど。

それをそっと見守る私の横で、いつも通り蒼井くんが口を開いた。

「お客様。お待ちいただいて申し訳ございませんが、まだチャームの修理に時間がかかるようでして。よろしければ、占いでもいかがですか？」

「……え？　占い？」

彼の唐突な言葉に、お客さんが目を瞬かせる。

「はい。チャームの修理が完了するまでには時間がかかりますし、時間潰しも兼ねてどう……」

「や、やってみたいです！」

言葉が終わらないうちに、彼女は勢いよく頷いた。

「実はその、やってみたかったんですけど、似合わないと思って、なかなかやりたいって言えなくて」

似合わない。そう自分で口にするたび、彼女はほんの少し、わずかだけれど顔を顰める。『可愛い』のワードに曇った顔をし、『似合わない』のワードで顔を顰める。それに、くすんだプレナイト。

「あの、似合わないって……？」

ここにきっと、キーがある。私が恐る恐る尋ねると、彼女はにこりと笑ってみせた。

それは、どこか諦めたかのような凪《な》いだ微笑みで。

「占いって、『可愛い』人がやると似合うじゃないですか」

ぼんやりとした調子だった。私は首を傾げ、「あのう」と口を開く。

「あのあの、お客様も可愛いお方だと思いますけど……！」

本心だった。黒猫姿のティレニアを、目を細めながら慈しんで撫でる様子は「可愛いって言ってるあなた自身が可愛い！」と言ってしまいたくなるほど微笑ましく可愛いものだったし。

それに、占いってそういうものだっけ？　確かに、目をきらきらさせながら占いの結果を聞く女の子の様子は、可愛いとは思うけれど。

「あの、そんなこと本当にないんですけど、せっかくなので占いお願いします」

首を縮こまらせて苦笑しながら、彼女はこちらに「どうぞ」と手のひらを向ける。慌てて頷き、私はゆっくりと彼女の前に真っ白な紙を差し出し――自分の手の中でサファイアが、彼女の『護り石』が、ぴしりと亀裂の深まる音を立てた感触に硬直する。

恐る恐る顔を上げると、隣の蒼井くんが口パクで『大丈夫、続けるよ』と話しかけてきて。私がそれに頷き返すと、彼は白紙に目を戻した。

「では、ここに生年月日を。それから、好きな数字を一つ選んでください」

そうして、例の『結果の決まっている計算』で彼女にプレナイトを選んでもらう。

「計算できました。これなんですけど……」

「あ、この結果だとこの宝石になりますね。プレナイトという宝石で、石言葉は、『忍耐力』、『根気』なんですが」

「忍耐力に、根気……」

目の前のお客さんが、ぼんやりとした面持ちで言葉を繰り返す。

「はい。先ほど教えていただいた生年月日と、この石の組み合わせを考えて占うと、その人の性格が分かると言われてて。……お客様、ずっと何かを我慢してたりしないですか？」

「我慢……」

「例えば、さっきで言うと占いですとか。やってみたかったけれど、『似合わない』と思い続けて諦めてきたこと、ありませんか」

「……」

蒼井くんの静かな言葉に彼女の目が揺れ、私は痛切に思う。

どうかずっと抱え込んでいた辛い思いを、吐き出してほしいと。

それは、私も感じたことのあるものにきっと近いと思うから。それをずっと抱え込むのは、本当に辛いことだから。

そう。きっともう、答えは出ている。

『ここでなら、いいよね』と、猫を愛《め》でることさえ人の目を気にして。

近くにあった淡いピンク色のクリスタルガラスが嵌め込まれたアクセサリーたちの方向を見て、「見てもあれなので」と呟いて。

人目を気にしながらも、店の店頭にある桜柄の手ぬぐいをじっと眺めて、同じ学校の人が来たと分かった途端その場を避けて。

何より注目すべきは、桜をモチーフにしたバレッタだ。彼女の『心の宝石』が浮き出てきたアクセサリー。何もアクセサリーを身につけない、ショートカットで髪飾りを必要としない髪型の、彼女の体に浮き出たSOS。

あれはもしや、『憧れそのもの、諦めていたもの』だったりするのでは。そう思うと、思わず私の口から言葉がついて出ていた。

「違ってたら、ごめんなさい。もしかしたら、自分に『可愛いものは似合わない』って、思ったりとか、してませんか……？」

しばし流れる沈黙。痛いその空間の中で、私は恐る恐るお客さんを窺うと。

「……占いって、凄いですね」

呆然とした表情で、ぽつりと言う彼女を見た。

「私、ずっとそう思ってました。だって私には、本当に可愛いものがとことん似合わないから」

泣きそうになりながら、顔を曇らせながら。彼女は想いを口にした。

——ああ、この子。今まで自分にどれほどまで、この言葉を言い聞かせてきたんだろう。この子の過去に、何があったのかは分からないけれど。これほどまでに何回も『可愛いものが似合わない』と自分に言い聞かせているのだから、幾度も辛いことがあったのだろう。

そのたびに何度も何度も、傷つくことを繰り返して。

「その、なんで『似合わない』なんて」

「……私、外見がこうだから。昔から背が高くて大きいから、その……可愛いものが似合わなくて。実際に昔、小学生くらいのときだったかな……クラスメイトから言われたこともあるし、ピンクのものを着ていったら揶揄われたこともあるし、自分でもそう思います。この恰好も、周りからそれなら似合うって言われたから、着てるだけで。見た目だけで運動できそうって言われるけど、からっきしの運動音痴なんです、実は。おかしいですよね」

『え、お前、そんなガタイいいのに運動できねえの？』

『そういうのなんていうんだっけ、ギャップ？』

『ピンク似合わねー！』

『なんで似合わないもの着てきてるんだろうね、自分がどう見えるか分かってんのかな。似合うもの着ればいいのに』

——そう言われるたび、話の引き合いに出されるたび、ひそひそ声が聞こえるたび、胸が軋《きし》んでいって。

「私、本当は可愛いものが好きなんです。見るだけでも幸せだけど、これが身につけられたらもっと幸せだろうなって」

なれるものなら、なってみたかった。ピンクが似合う女の子に。可愛らしい髪留めが似合う、女の子に。

桜の季節になるたびに、桜色のものやピンク色のものを見るたびに、可愛い小物を見るたびに。それをどうしても、思ってしまって。

「でも、ピンクが似合う子ってなんかそもそもこう、生まれつきというか雰囲気からして違うじゃないですか。私には、無理だった」

——そうであれば、こんな思いはしなくて済んだのに。

可愛いものが似合う女の子には、なれない。そう自覚したころから、可愛い色や服装のものを避けるようになった。

——だってきっとみんなの目には、可愛いものを身に着けた私は滑稽に映るだろうから。

そうして更に、クラスメイトから「それなら似合う」と言われる、男のような恰好しかできなくなった。

——ジャージ姿なら、大丈夫でしょう？　みっともなくないでしょう？　だってこれなら、似合うらしいから。

「なんかもう、色々疲れちゃって。猫になりたいな」

そう言いながら、彼女がそっとティレニアの背中を撫でる。触れるか触れないかくらいの、優しい手つきで。

「猫になったら、存在自体が可愛いし。もうこんな思い、しなくて済むのにな……なーんて」

ははは、と朗らかに笑いながら、彼女は頭を上げる。

「こんなことくらいでごちゃごちゃ暗く考えすぎですよね！　なんでこんなこと言っちゃったんだろ……空気重くしちゃって、すみませんでした」

そのハキハキとした明るい声と朗らかな笑顔に、私の心は沈む。

笑顔の切り替えが、明らかにし慣れている。そして、自虐に慣れてしまっている。

きっとこの子は、何度も今までこうして笑って、流しているように見せて、耐えてきたのではと直感するほどに。

そう、この子の心の宝石は『忍耐力』に『根気』だ。

けれど、どんなに忍耐力や根気で耐え忍ぼうとも、傷ついた心は勝手に癒えたりなんてしない。むしろ、耐えれば耐えるほど、傷はどんどん積み重なって澱《おり》になって、いつか爆発してしまう。

「考えすぎなんてことは決してないです。それに、無理に笑わなくていいんですよ」

「え……」

蒼井くんの真剣で静かな言葉に、お客さんが目を見開いた。

「……私、そんなに無理してるように見えますか？」

「はい、かなり」

私から見ても分かったように、蒼井くんも彼女から同じものを感じ取ったのだろう。彼は短い言葉と共に、ゆっくりと頷いた。

「……すみません、変な空気にしてしまって。あの、私の悩みなんてほんと大したことじゃないので！　べらべら面白くもないことを喋ってしまって、すみませんでした」

苦笑いしながら、お客さんは頭をかく。何度も「すみません」を繰り返す彼女に、また私の胸は軋んで。

「……あの、全然大したことじゃなくないですよ。相手は何気なく発したつもりのたった一言でも、人って傷つくし……私も経験あるので、凄く分かります」

気がついたら、私はそう言っていた。

「実は私、昔見た目から揶揄われてた時期があって……その、嫌なあだ名とかもつけられて、毎日嫌だなぁって思ってたことがあります。相手からすればコミュニケーションだとか『いじり』だとか、そういう軽いノリとしてやってたのかもしれないけど、本当に嫌で嫌で。だけど、面と向かって『嫌だからやめてくれないか』って言えなくて」

言ったら、どんな反応をされるだろうか。「は？　ただの冗談じゃん」だとか「なにガチになってんの」だとか返されても傷つくし、「うわ、こいつやり辛い」だとか言われて微妙な空気になるのも怖くて。

『嫌なら面と向かって言えばいい』とはよく聞くけれど。それができない人だってたくさんいるのだ。むしろ、そんなことができたら最初から苦労しない。

何度も何度も心をへし折られて傷つけられれば、人は立ち上がる気力を失くす。「自分さえ我慢すれば」という思考になってしまう。

「だから、私が言うのもおこがましいんですけど、分かります。十分大したことだと、私は思います」

だって私も、この年になるまで、その傷をずっと引き摺ってしまっていたのだから。

「……」

沈黙が応接室に落ち、思わず自分語りをしていたことに気づいた私は冷や汗をかきながら、蒼井くんを横目で見て「ごめん」と口パクで伝える。お客さんなんて、目の前でいつの間にか俯いてしまっているし。

どうしよう、めちゃくちゃ余計なこと言ったかな……。

「……いや、こっちこそごめん」

そんな蒼井くんの囁きが耳元で聞こえたかと思うと、重なるようなタイミングで、微かな音が手元で響いた。

硬いものに亀裂が入る、パキンという音。私の手の中で、お客さんの『護り石』であるロイヤルブルーのサファイアが、その亀裂を深めて静かに煌めく。

「そっか……大したことだったんだぁ……」

唖然とする私の前でゆるゆると顔を上げ、女の子は両手で顔を覆った。

「……私、自分で言うのもアレなんですけど、学校で『いじられキャラ』で」

容姿に絡《から》めての揶揄いにも、ノーと言えない自分が嫌だった。

可愛いものが似合わない自分も、それを言われて否定できない自分も嫌だった。

空気を壊すのが怖いから、『言わないで、揶揄わないで』と伝えられない自分が、嫌だった。

「受け流してるフリして、それで空気が持つなら、自分の居場所がなんとか保てるなら、我慢しようって思ってたんですけど」

自分の発言で、空気が凍りつくのを見るのが怖かった。それをきっかけに、仲間はずれにされるかもと思うのも怖かった。

だから、自分が我慢すればいいと思った。これまで以上に、立場が悪くならないのなら。

それくらい、『独り』になるのは、怖かった。

「だけどやっぱり辛いものは辛くて、このままずっと平気なふりをし続けるのかなって思うのも怖くて、」

とつとつと話していた、彼女の言葉が震える語尾と共に途絶える。私は手の中に割れたサファイアを握りしめたまま彼女のもとへ歩み寄り、その背中をさすった。

「……そうですよね、僕にも覚えがあります。学生時代って学校内の人間関係が生活のほとんどを占めてるし、数年間学年のメンバーも確実に変わらないし、一度固まってしまったキャラとか立場を変えることも難しくて、もうずっと将来自分はこのままなのかなって、思ったことが」

だけど、と蒼井くんがティレニアを抱き上げつつゆっくりと立ち上がりながら、柔らかい声音で続ける。

「これだけは忘れないで。世の中、そんなことを言う人間ばかりじゃない。これから絶対にあなたは、色んな人に出会うから。絶対、大丈夫になることを保証します」

「うにゃあ」

蒼井くんの言葉に同意するように鳴いた黒猫姿のティレニアが、蒼井くんの手から跳び降り、とてとてとお客さんの足元まで移動する。慰めるような仕草でその手にすり寄る黒猫を見て、彼女は唇を小さく震わせた。

「あともう一つ。どうか、自分を責めないでください。そもそも、他人の気持ちをないがしろにして踏みつけて、成立する『コミュニケーション』自体がおかしいんですよ。そんなのコミュニケーションになってない。……生身の『自分自身』の声を、どうか大切にしてください。そんな実態もかたちもない、『その場の空気』なんかよりも」

ひくりと、お客さんの喉が震える。それにそっと畳み掛けるように、蒼井くんが微笑んだ。

「あなたは十分すぎるほど、頑張った。それ以上、自分をすり減らす必要はどこにもないんです」

「……う……」

蒼井くんのその言葉で堰《せき》が切れたように、彼女の目から涙が溢れる。

私の手の中で今度こそ、深いブルーのサファイアが真っ二つに割れて。同時に、彼女の髪についていたバレッタの上のプレナイトが、きらりと曇りのない艶やかなグリーンの輝きを放って、そこから姿を消していった。

「……あの、ほんと、取り乱してすみませんでした」

「とんでもない。もう大丈夫ですか？」

「は、はい。おかげさまで」

蒼井くんから差し出されたハンカチで涙を拭いた女の子が、ぺこりと頭を下げる。

そうして程よいタイミングで、緋月くんが柔らかな声と共に部屋へ入って来る。扉の向こうには、私がそちらを見ているのに気付いたのか、隼人さんがひらひらと笑顔で手を振っているのが見えた。

「はい。修理、終わりましたよ」

「こちらです、どうぞ」

「あ、ありがとう、ございます」

目を見開いて緋月くんを凝視しつつ、お客さんが、傷一つないサファイアが嵌まった『鍵』を受け取った。

「――その石、サファイアなんですよ。ご存じですか？」

「えっ!?　あの、それってもの凄く高いんじゃ……？」

ぎょっとしたように目を丸くしてあたふたとし出すお客さん。その気持ちは凄く分かる。

「あ、大丈夫です。これ商品の規定に達せなくて売れない石なのでお気になさらず。……

それより、ご存じですか？　その宝石の石言葉」

「い、いえ知らないです」

「石言葉は『誠実』、『慈愛』、『真実』、『徳望』。これを持ってれば、この石が味方をしてくれる。きっと真実を見抜いて、君自身と誠実に向き合って大事にしてくれて、一緒に居てくれる人と、縁が出来る。……だから、大丈夫だよ」

　お客さんの手元の鍵を、緋月くんは目を細めて指し示す。その言葉はいつしか、砕けた口調に変わっていて。

　サファイア。聖人の石と言われ、神様の恩恵をもたらすと信じられた、神聖で特別な石。

「それに、俺思うんだよね。可愛いとか綺麗とか、そういうのって人の主観がおっきいからさ。——だから」

　緋月くんがポケットの中から白いリボンでラッピングされた黒い箱を取り出す。ここで見慣れた、硝子館の商品を包む箱を。

「他の人の目なんて気にしないで、それをつけた自分が大好きになれるものを見つけられたら、『これ好き！　見つけた私って天才かも』って思うスタンスでいいと思うんだ」

「例えば、これとかどうかな」と続けながら緋月くんは箱を開く。そこには、淡い桜色のクリスタルが上品にちりばめられた、桜モチーフの華奢《きゃしゃ》なピンが輝いていた。

「これ……いいなって思ってたやつ……」

「お、じゃあ丁度いいじゃん！　絶対君に似合うと思ってさ」

そっと箱からピンを取り出し、お客さんの髪にかざした緋月くんが屈託なく微笑みながら大きく頷く。

「うん、やっぱり似合う！　よかったらこれも持ってってやって」

「え、あの」

「修理待たせちゃったお詫びもかねて、俺たちからのプレゼント。ね？」

緋月くんの華麗なウインクに押されてか、戸惑っていたお客さんはおずおずと「あ、ありがとうございます……」と箱とピンを受け取った。

「あの、本当にありがとうございました」

「いえいえ。ご来店、ありがとうございました」

にこにこと見守ってくれていた隼人さんが入り口のドアを開け、お客さんをみんなで見送る。

その背が路地の曲がり角へ消えていくのを見届けると、隣で緋月くんが思いきり伸びをした。

「やー、緊張しましたね！」

「いや、全然緊張してなかったじゃんお前。最後のとかびっくりしたんだけど」

「ああ、あれ？　隼人さんに許可もらってさ」

蒼井くんにへらりと笑顔を向けた緋月くんが、隼人さんに軽く頭を下げる。

「すみません隼人さん、ありがとうございました」

「いーえー、お買い上げありがとうね」

にこやかにひらひらと手を振る隼人さんと緋月くんを見比べ、ティレニアを腕に抱えた蒼井くんが目を丸くする。

「えっお前、まさかあれ自腹で」

「そりゃこの店の商品ですから。いいっしょ、これくらい。こういうのって、人から言われる言葉って結構大事なのよ」

「……ま、それはそうだけど。だけどお前な、」

「はいはい、それよか悠斗くんはもう少し女の子の気持ちを理解できるようになりましょうね？」

「は？」

何やら緋月くんと蒼井くんとの会話の応酬が始まった。私としては彼ら二人とも十分すぎるくらい女の子の気持ちを理解している部類に入るのだけど、何なのだろうこの言い合いは。

「更紗さんもお疲れ様。突然指名しちゃってごめんね」

はらはらと二人のやり取りを見守っていたところに後ろから肩をつつかれて振り向くと、

そこには柔和な微笑みを湛えた隼人さんが立っていて。

「いえすみません、私、だいぶ余計なことまでべらべらと」

「いいや、全然そんなことないよ。むしろそれで良かったんだ」

「よ、良かった……？」

「うん、凄く。似たような体験をしたからこそ、分かることってあるでしょう？　言葉に込められた意味にも、その分重みが増す。受け取る側も、『同じ思いをしたことがあるのは、自分だけじゃなかったんだ』って勇気をもらえる」

隼人さんが、先ほどお客さんが消えていった扉を優しい目で見る。

「それはユウくんもだね。よく彼女に伝えてくれた」

「蒼井くんも、ですか？」

「そう。学校って、独特の閉塞感《へいそくかん》があるでしょう？　自分の関わる世界が、もうここら辺だけなんじゃないか、ここから先の人生もずっとこういう世界のままなんじゃないかって気がしてくる。実際はそんなことないんだけど、その渦中《かちゅう》にいる時って分からないから……だから、尚更辛いんだ」

どうやら蒼井くんと緋月くんの会話の応酬はまだ続いているらしい。それをBGMに彼らを見遣りながら、私は先ほどの蒼井くんの言葉を思い出す。

——一度固まってしまったキャラとか立場を変えることも難しくて、もうずっと将来自分はこのままなのかなって。

その思いは、気持ちは、私にも覚えが痛いほどあって。

これから先の現実もずっと行き止まりなのでは、と思ってしまう閉塞感に、私もこの前までは、ここでの出会いがあるまでは覚えがあって。

「だから、まだまだ先にもちゃんと別の道はあるんだって、色んな道が開けてるんだって、あの子にも実感できる日が早く来るといいよね」

そう言って、隼人さんは見惚れるほど綺麗なウインクを一つした。私はそれに、痛切な思いで大きく頷く。

「……はい、本当に」

頑張りすぎるほど頑張っていたあの子が、早く報われますように。

これからたくさん、いい出会いがありますように。

そう、心から願いながら。

第三話・アメトリンの夢

「んじゃ悠斗、また明日な。ほんとにサンキュ」

「おー、どういたしまして、また明日。部活ガンバ」

「あざ」

緋月くんが硝子館に来てから、数日が経ったとある放課後のこと。すぐ前方でのそんな会話をうっすらと聞きつつ、私は机の中から取り出した教科書たちを、スクールカバンの中へと押し込む。しばらくすると前の席でガタリと椅子を引く音がして、一人分の気配が、すぐそこの教室のドアの外へと消えて行くのが分かった。

よし、そろそろ私も――

「なあなあ、桐生さんってさ、悠斗と仲良いの？」

「……んっ？」

突然頭上からこそこそと降って来た言葉に、私は戸惑いつつそれが聞こえてきた方向を見上げる。声の主は、先ほどまで蒼井くん本人と言葉を交わしていたクラスメイトの朝倉《あさくら》くんだった。

彼とはほんの少し前、学校の校外学習で蒼井くんと一緒に同じ班になったことがある。それを機に、少しばかり場の流れで雑談をしたり、朝すれ違えば「おはよう」の挨拶を交わすぐらいの会話をするようになった相手ではあるものの。

この謎の質問は、一体なんだろう。

「ああ、いや、ごめん変な意味じゃなくて、純粋に気になって」

あたふたと「ちょっと待った」のジェスチャーをしつつ私の隣席の机の上に浅く腰掛け、彼はちらりと、先ほど蒼井くんの背中が消えて行った教室のドアの方向を見遣る。私は私でそんな彼を見つつ、どう答えるべきかしばし考えた。

仲が良いかどうかって、答えるのが難しい。私としては最近打ち解けてきているのではなんておこがましくも思っているけど、あっちはどう思っているか分からないし、そもそもこれは硝子館だけでの話。学校では私たちの接点はないし、そんな私が蒼井くんと親しげに話すのはおかしい。

今は放課後だけれど、まだまだ教室には沢山のクラスメイトたちがいる。蒼井くんに迷惑はかけられないから、発言には気を付けなければならない。

「ええと、私何かやらかしたっけ？」

正解が分からず、かといって上手く切り返せる話術も持っていない私は、ひとまずそう聞き返して考える時間を稼ぐ。

「純粋に気になって」と言われたということは、何かのきっかけがあってこういう質問になったわけで。その「きっかけ」が、何か自分の行動に起因したものであるのかどうかも気になった。知らぬ間にやらかしたことがあるのなら、行動を改めなければ。学校では硝子館でのことを隠している蒼井くんにも、迷惑がかかってしまうのだし。

そう、学校では私たちの接点はクラスメイトという点以外、一切ないに等しい。朝倉くんはフレンドリーで誰とも話してくれるけれど、蒼井くんは何と言うか——気さくに話してはくれるけれど一定の距離は保つという、女子からしてみれば「憧れの、若干気軽には近寄りがたいけど神対応な美少年」という絶妙な立ち位置を築いている。

そしてその結果、ついたあだ名が『王子』だ。ファンも一定数いて、ひっそりファンクラブがあるとかいう話も聞いたことがあるような。

私としては雲の上の存在な訳で、ましてや彼の叔父さんが営む店でアルバイトをさせてもらうというのもまさかの展開だった訳で——硝子館が『宝石魔法師』の店であるという本当の面も誰にも話してはいけないし話せるわけもなく。

そんなこんなで、私は今日に至るまでもずっと、彼とは「接点のほとんどないクラスメイト」の距離感を徹底していたはずなのだけど。

なにか、余計なことをやらかしてしまっていただろうか。

「いや、やらかしてない、やらかしてない。桐生さんは」

「……ん？」

桐生さんは？

何となく含みのある返しに首を捻ると、朝倉くんは「あー、なるほど？」と何やら一人でうんうんと頷き始めた。何に納得したんだろう。

「ええと、なるほどって何が？」

「ああ、こっちの話、こっちの」

ますます意味が分からない。しかもそう言われると逆に気になってしまう。先ほどまでの彼との会話から何か情報を読み取れないもんかと記憶を遡《さかのぼ》ろうとしている私の横で、彼は「あのさ」と頬をかきながら再度口を開いた。

「さっきさ、席替えあったじゃん？」

「え？　うん、あったあった」

唐突に変わった文脈に目を白黒させつつ、私は頷く。

学校生活の一大イベントと言っても過言ではないモノの一つ、「クラスの席替え」。仲が良い人や密かに気になっている人の近く、とりわけ隣の席になれたなら、一ヶ月ほどの長きにわたる幸せが保障されていて。逆に教卓の真ん前になろうものなら、一ヶ月もの地獄が決定する——そんな学校生活の運命を左右する出来事が、このクラスでは先ほど行われたばかりだった。

でもそれが、一体どうしたと言うのだろう？

「実は悠斗さ、元々はあの席だったんだよね」

そう朝倉くんが指さした先は教室の一番後ろの、窓際の席だった。

「おお、めっちゃいい席だ」

「だろ？『青春席』だもん」

後ろのロッカーへのアクセスも良く、窓際だから風通しも良く、心地よい陽の光もふんわりと差し込んでくる良席。何より、先生からも遠いから無茶ぶりな雑談や突然の指名を吹っ掛けられる機会も少なく、教室は見渡せるし窓の下に広がる校庭も思う存分眺められるしでいいこと尽くしの席——通称、『青春席』だ。

その、ナンバーワン人気席と言ってもいいくらいの席が、もともと蒼井くんがクジで引き当てた席だったらしい。

「まあみんなから羨ましがられるじゃん、あの席は絶対に」

「うん」

「なのにあっさり人に譲ったわけよ、悠斗は」

「ありゃ、そうなんだ。勿体《もったい》ないね、いい席なのに」

私がそう返すと、朝倉くんは無言で目を丸くした。沈黙が流れること、数秒。

「……ええと桐生さん、あのさ」

「おーい、ごめんすっかり忘れてた」

何かを言いかけた朝倉くんの声に被せて、前方から不意に声が飛んできた。

「一班ってさ、今週掃除当番ないよね？」

教室のドアの向こうから半身と顔を覗かせ、今しも話題の中心だった蒼井くんが、訝し気な顔でこちらを見遣っているのが視界に入る。

「うん、な――」

「掃除当番？　今週はうちらじゃないよ」

私が言葉を口にするより早く、すぐそばの斜め前方からふと声が上がる。途端に蒼井くんはぱっといつもの爽やかな笑みを顔に浮かべ、「ああ」と頷いた。

「ありがと、安斎《あんざい》さん」

「いーえー。蒼井くんが何か忘れるって、珍しいね」

笑顔でひらりと手を左右に振りながら、スクールカバンを肩にかけた少女が席から立ち上がる。

蒼井くんはこの子に話しかけたのか、危ない危ない。勘違いして答えるところだったと頬をかきつつ、私は改めて彼女を感嘆と羨望の想いを持って見つめた。

すらりとした手足に、緩やかにウェーブした艶やかな焦げ茶色の髪の毛。学校の制服ですらお洒落に着こなせる、ぱっちりとした目の可愛い女の子——安斎真帆《まほ》という名前のこの子は、他クラスにも『可愛い』と評判の子だった。

「いや、僕への評価どうなってんの？　普通に忘れるよ、色々」

「ほんとに？　何か忘れて焦るところなんて見たことないけど」

「そうだっけ？」

「そうだよ、むしろ『記憶力良すぎて超人？』って皆言ってたし。めっちゃ覚えてるのがさ——」

何やら二人でぽんぽんと会話の応酬が始まったので、私はそろりと退散しにかかる。

小声で「真帆、お疲れ」と手を挙げると、「更紗もおっつー」と笑顔が返って来た。やっぱり何度見ても、可愛い子だ。そうしみじみ思いつつ、私は二人の会話の邪魔をしないよう教室の後ろのドアへと足を向ける。

「あれ、帰んの桐生さん」

「うん。てか朝倉くん、今日剣道部は？」

「俺？　ああ、今日オフ日なんだよね。自主練して帰ろっかな」

「オフなのに自主練……！　偉いね」

「だろ？　ま、練習休むと体鈍るし」

自慢げな顔をして、ニヤリと笑って見せる朝倉くん。そんな彼に「頑張って」と声をかけて別れたあと、私は二年生の教室がある二階から中央階段を下り、下駄箱が並ぶ昇降口へとまっすぐ向かった。

「……そういえば」

――ええと桐生さん、あのさ。

何かを言いたげだった朝倉くんの、あの台詞の前。私たちは、何の話をしてたんだっけ。

「さっき、何言いかけてたんだろ……」

「何が？」

「ひいっ!?」

唐突に後ろから声をかけられ、私は文字通り飛び上がる。慌てて振り返った先には、右片眉と右手を上げた蒼井くんが立っていた。

「相変わらず、その反応直んないね」

「あ、あ、あ、蒼井くん……」

びっくりしたと胸を撫で下ろすも、心臓の鼓動はまだ止まってくれない。むしろ若干、心臓が妙な緊張感をもってそこで動いているのが分かるほどである。

蒼井くんと直接目を合わせて話すと、冷や汗が止まらなそうな予感がする。そわそわしてやたらと落ち着かない、もやに似た胸のつっかえを嫌というほど自覚して、私の背中はじっとりと汗をかいていた。何故だろうか、妙に緊張する。

とりあえずそのまま自分の下駄箱へと歩み寄ってしゃがみ込み、その蓋を開けていると。

ふと、「あーあ」と隣で声がした。

「なんで話の途中で行っちゃうかな」

恐る恐る見上げてみれば、流れるような動きで靴を履き替えた蒼井くんが、カバンを肩にかけ直しているところで。

「ん？」

おっかなびっくり周りを見回してみても、今昇降口に他に人はいない。と、いうことは。

「……え、私？」

「それ以外に誰かいる？」

間髪いれずに突っ込みが返ってきた。確かに他にはいないけども。

「……えーと、さっき何かの話の途中だったっけ？」

正直、蒼井くんの話をほったらかしてここに来た記憶はないような。私は靴を履き替えながら首を捻る。

「うん。そもそも、さっき俺が話し掛けたのは桐生さんなんだけど？」

あれ、私に話しかけてたのか。その台詞に、少しばかり私の心臓が飛びはねるような感覚がした。

しかも、蒼井くんの一人称が、「僕」から硝子館での「俺」に戻っている。多分隼人さんたちとのやり取りを見るに、プライベートな場所での、彼の一人称。それがなんだか、とてつもなくほっとして。

「……聞こえてる？」

「あ、ごめん聞いてる聞いてる。掃除当番の話だったよね？」

ひらひらと手を振りながら呼びかけられ、私は慌てて思考の波の底から浮上する。そして口を開きかけたところでふと引っかかるものを感じ、「はて」と眉を顰めた。

「ええと……でも真帆も同じ班だし、結果オーライだったんじゃ？」

私たちのクラスでの普段の『班』は、席順で端から横二人×縦三人のブロック毎で決まる。真帆はもともと、今日から教室最前列の右から二番目の席——つまり蒼井くんの左隣の席で、私と蒼井くんと同じく新しい席順での『一班』だ。だから掃除当番も一緒で、蒼井くんの質問にも迷うことなく答えられたわけで。

「結果オーライって何が」

心なしか少しばかり眉根を寄せながら、蒼井くんが首を傾げる。私は私で彼の質問の意図が分からず、同じく首を傾げながら立ち上がった。

「え、だって今週掃除当番あるかどうかを確認したかったんだよね？　真帆が答えてくれたから結果一緒じゃない？」

「……」

なぜか無言とジト目での表情が彼から返ってきて、私はたじろぐ。これは、何か回答を間違えてしまったのだろうか。

「……桐生さんさ、俺が本当に忘れると思ってる？　掃除当番ごときを」

「え、忘れてなかったの？」

じゃあなぜわざわざ教室に引き返してまで聞いたのだ。そしてやたらと引っ張るな、この話題。

「あー、うん。まあいいや、この話はもう」

ため息をつきつつ、蒼井くんがそう話を片付ける。どことなくぴしゃりとした、話の閉じ方だった。

「それより、よかったら一緒に帰らない？」

「……ん？」

聞き間違いか、と私は首を思い切り傾げる。

確かに今日も硝子館でのアルバイトがあるから、私と蒼井くんがこれから行く先はまったく同じなのだけど。何せ蒼井くんは学校でも人気者で、女子と二人で話しているだけでも注目の的になる存在で。間違っても、隣に女子が並んで二人で登下校をしているところなんて見られたら大問題だ。

ちなみにこの前のアパタイトのお客さんが来た日は下校の途中で同じルートを歩いてき

た蒼井くんがたまたま私に追いついただけで、時たま同じようなことはあったけれど。

「ええと……何か用事がある感じ？」

最初から学校をスタート地点として面と向かって「一緒に帰ろう」と言われるのは初めてである。することと何かしら理由がある蒼井くんのことだ、何かのっぴきならない理由でもあるのだろうか。例えば、下校途中にお客さんと会う可能性があるとか。

「用事といえば、まあ」

どうやらやはり用事があるらしい。私が「分かった」と頷くと、ちょうどそのタイミングでスマホが震えた。この呼び出し音の長さは電話だ。

「ごめん、電話だ」

「どうぞどうぞ」

そろそろと歩き出しながら蒼井くんに断ると、彼は爽やかな笑顔のまま並行して歩き始めた。

「はい」

『あ、サラちゃん？　俺、緋月っす』

「緋月くん？　どうしたの」

電話番号の主は緋月くんだった。私は思わず目を丸くして、電話口の向こう側に呼びかける。一体何の用だろうか。

『ごめんなんだけど、傘持ってたりとかする？　買い出しにちょっと出かけてるうちに、結構やばい雨降り出しちゃって。傘、スクバと一緒に店に置いてきちゃってさ。……あ、もしもうすぐ店とかだったり傘なかったら大丈夫！　いきなりごめんな』

『いやー参った、買い出し分しかお金持ってきてなくてさ。傘も買えねえの』と続ける彼の声を聞きつつ、私は目の前にそびえる昇降口のガラス扉の向こうを見た。確かにだいぶひどい雨が降っている。

「あ、大丈夫！　まだ学校出てないからごめんなんだけど、すぐ行くね」

『あ、いや、まじでごめん……大変だったらいいよ』

「いや流石にこの大雨じゃ風邪引くって」

恐縮するような声音の緋月くんに「すぐ行くね」ともう一度言い、私は電話を切る。

ちょうど私のカバンの中には、入れっぱなしの折り畳み傘がもう一本入っている。念のため持ち歩いていて良かったと確認していると、隣で傘を広げる準備をしていた蒼井くんが首を傾げた。

「電話、史也から？」

「あ、うん、そうそう。傘渡しにスーパー寄るから、蒼井くんは先に……」

この大雨だ、スーパーは通り道近くにあるとはいえ若干寄り道になってしまうし、蒼井くんは真っ直ぐ硝子館に行った方がいい。そう思って、私は申し出たのだけれど。

「俺も行くよ」

「……え？」

「史也には話したいこともあるしね」

にっこりと学校やお客さん対応専用の微笑みを浮かべられ、その圧に私は「わ、分かった」とぎこちなく頷くしかないのであった。


「あれ？　悠斗も一緒だったんだ」

「あー、ええと、うん、たまたま」

この前一緒に買い出しに行ったスーパーの入り口の方へ歩み寄ると、その場に立っていた緋月くんが目を丸くした。頭をかきつつ説明しようとする私の隣で、蒼井くんが「ちょうど帰るとこだったから」と口を開く。

「あ、そうなの。なるほどね？」

そう首を傾げたあと、緋月くんは私にだけ聞こえるように声のトーンを落として囁いた。

「どした、なんかあった？」

「え、なんで？」

「なんか元気ないからさ」

そう指摘され、私は「あー……」と言葉を濁す。元気がない理由は自分でもなんとなく分かっている。多分、さっきの蒼井くんとの会話が原因だ。

先ほど、スーパーへ向かう道の途中。

「ところで、蒼井くんの用事ってなんだったの？」

「え？」

キョトンとした顔で返してくる蒼井くんに、私は「いや、学校から一緒に店向かうって珍しいからさ、何か用事あるんだよね？　って」と恐る恐る伺った。

「……なるほど」

そうして雨の降りしきる中、蒼井くんはしばらく何やら考え込んで。彼の言葉を待つ私に、ややあってから躊躇いがちに口を開いた。

「用事ってのは、その……うん、そうだな」

蒼井くんが口ごもるのは大分珍しい。そんなに言いづらいことなのだろうかと不安になりながら待っていると、彼はこう言ったのだ。

「あの……俺たち、色々、結構昔から出会い方とか特殊じゃん」

「？　うん」

確かに特殊だ。昔小さい頃一緒に遊んでいた、所謂《いわゆる》幼なじみに近い関係だったけれど、色々あって私は彼を忘れ、つい最近再会して、なんやかんやあって今やアルバイト先の同僚である。だいぶ特殊だ。

「だからその、今までちゃんとした段階を踏めてなかったというか、最近後悔してるというか」

どうしよう、話が全く見えない。彼は何を葛藤しているのだろうか。

「……だからあの、まずは友達になってくれないかなって……」

そして繰り出された彼の言葉に、私は一瞬、狐につままれたような心地になった。

「ん、友達？」

今まで、打ち解けるようになったとか話せるようになったとか、私は思っていたし、勝手にすっかり友達のつもりだったのだけど。

まさか、友達とすら思われていなかったのだろうか。

「あ、いや迷惑なら……」

蒼井くんの顔がどんどん気まずそうに強張っていくのを見ながら、私ははっとなって
「いやいやいや！」と慌てて手と首を振った。顔と体に時折飛んでくる雨が妙に冷たい。

「全然、迷惑なんかじゃないから！　友達ね、そう友達！　もちろん！」

「……うん、ありがと」

途端に心からほっとしたように微笑まれ、私は思わず言葉に詰まる。ここでその笑顔はずるい。何も言えなくなってしまう。

そのあとは何事もなかったかのように、笑顔に戻った蒼井くんと今日の授業や先生がどうしたとか、たわいもない世間話をしながら隣でずっと歩いていたのだけど。

――なんで私、こんなに落ち込んでいるんだろうか。

友達だと思っていた相手から、友達とすら思われてなかったことにだろうか。

確かにその片鱗はあったかもしれない、と私は最近の蒼井くんの様子を思い返す。

最近の彼は、やたらと硝子館でも私の前でだけ、学校での笑みを浮かべるのだ。身内の前ではあまりしない、外向きの完璧な笑顔。最近は私も、個人的に話しているときは見なくなってきたと思っていたのに。

きっと、私との関係を見直すためだろう。本来友達のスタートラインにすら立っていなかった私を、元の位置に戻すための。

何にせよ、「友達」という言葉がここまで嬉しくなかったことは初めての経験で。どうやら私はその気分を、ここまで引き摺ってきてしまったらしい。

「なあ、ほんとにどうしたの？　大丈夫？」

「あ、ごめん」

雨の中、スーパーの軒下で雨宿りをしつつ、私ははっと我に返る。見上げれば意外と近くで緋月くんに顔を覗き込まれていて、私は思わず後ずさった。

そして動揺を悟られぬべく、出来るだけ素早くスクールカバンの中から折り畳み傘を取り出す。

「そうだ、はいこれ、頼まれてた傘」

「お、ありがとー！　雨結構やばいからさ、マジめっちゃ助かった」

無地で黒色のシンプルなそれを緋月くんに手渡すと、彼は「ありがとう」と繰り返しながら破顔した。

「てか、折り畳み傘も持ってたんだ？」

「え？　うん、念の為いっつも入れっぱなしにしてるから」

私は基本、持ち物に関して結構忘れっぽい。だからいざという時に備えて基本カバンの中には物が結構入っていて……というより、入れっぱなしだ。折り畳み傘はかさばるけれど、急な雨にも対応できるし、傘をどこかに忘れても、長傘を置いていて誰かに盗られることがあっても、すぐに対処できるから便利だ。

「……サラちゃんってさ、やたらとフラグへし折ってくるよね」

「ん？　フラグ？」

「ま、桐生さんはそういうタイプだから。お疲れ」

そう言いながら、傘をばさりと差した蒼井くんが颯爽と歩き出す。そういうタイプってどういうタイプのことを指してるんだろうとは思いつつも、何となく気が引けて聞けなかった。

「ふーん、なるほどねえ」

そしてその蒼井くんの肩にがっしり手を回し、その歩みを無理やり止める緋月くん。

「ま、もともと悠斗にも用があったからちょうどよかったよ。色々聞きたいことがあるんだけどさ」

「用？　なに、めんどくさいやつなら聞かないよ」

「またまたー、ゆーて結局聞いてくれんだから」

「帰る」

「あっちょい、待て待て待て」

そんな会話をしながら傘を差し、緋月くんも歩き出していく。やいやいと話を続ける二人を見ていると、なんだかんだで仲は良さそうだ。

なんだかこういうやり取りの光景って、傍から見ていてもほっこりする。私は二人の邪魔をしないように心掛けながら、その後を追いかけるべく傘を広げ、雨空の下へと足を踏み出した。

一見塩対応に見えつつも、内輪にしか見せない対応で緋月くんをあしらう蒼井くんと、屈託なく明るく話しかける緋月くん。彼らは和気藹々《わきあいあい》と会話を続けながら歩いている。

この二人は、間違いなく友達同士だ。様子を見ていると親友と言ってもいいくらいかもしれない。

むしろ今は、私の方が――

『だからあの、まずは友達になってくれないかなって』

――私の方が、蒼井くんと距離があるかもしれない。

そんなことを悶々と考えつつ、私は二人の後をひっそりとついていくのだった。

◆

「おやおや、これは皆さんお揃いで」

硝子館の扉を開けると、レジカウンターの後ろから隼人さんが「やあ」と手を挙げて出迎えてくれた。いつもながらの爽やかな笑顔で驚いた様子もなく、颯爽とこちらへ歩いてくる。

「また買い出し行ってくれてありがとね、史也くん。連日申し訳ない」

「いえいえ、そもそも俺が言い出したんじゃないっすか」

隼人さんに負けず劣らずの爽やか笑顔を繰り出した緋月くんは、「んじゃ、ちょっと買ってきたもん冷蔵庫に入れてきますね」と、そのまままっすぐ店の奥へと足を向けた。

「あ、私も手伝……」

「更紗は着替えてきた方がいいと思いますよ、いつお客様が来るか分かりませんし」

靴下の上から柔らかく小さいものにつつかれ、私は足元に視線を落とす。戸惑う私にも構わず、真ん丸な青い海の瞳の黒猫は、そのままぐいぐいと私の靴のかかと部分を押していった。地味に力が強い。

「ティレニア、着替える、着替えるから！　手が汚れちゃうって」

私は慌てて言われるがまま、更衣室へと駆け込んで手早く支度を済ませる。黒いブーツにネイビーのワンピース、そして腰に結ぶ黒いリボン。着替える前の制服を紺色の袋に突っ込み、荷物を棚に置きに行くと、既にそこには他校のスクールカバンが鎮座していた。紺色の地にダークグレーの取っ手が付いているナイロンのカバン。その隣には厚手の灰色のタオルの上に、折り畳み傘が一つ置かれていた。

「……ん？　ってあれ、もうこんな時間!?」

すでに時刻が十六時半に差し掛かりそうなことに気付いた私は、慌てて更衣室を出る。今日のシフトは十六時半から。危ないところだった。

「あ、来た来た。今ね、今日のおやつどうしよっかーって話してたとこ」

レジ裏の扉から店内に入ると、ちょうどそこには隼人さんとティレニアが居て。見れば、その向かい側には既に店員服姿になった蒼井くんと、店内に戻って来たらしい緋月くんの姿があった。

「お、遅くなってすみません」

「いやいや全然、ゆっくりでいいんだよ。んじゃ次史也くん、着替えに行っておいで」

「あ、そうですね。行ってきます」

隼人さんにぺこりと頭を下げ、緋月くんが扉の後ろに消えて行く。そういえば彼もまだ着替えていないのだった。

「あれ、そういえば蒼井くんってどこで着替えてるの？」

たった今私と入れ替わりで着替えに行った緋月くんとは違い、蒼井くんは既に学校の制服から着替え済みだ。

そういえば今まで、更衣室で彼の私物を見たことがないし——ということは、彼はどこか別の場所に荷物を置き、どこか別の場所で着替えているということで。

「二階の俺の部屋だけど」

「……ん？　蒼井くん、ここに部屋あるの？」

「だって俺、ここに住んでるし……って、言ってなかったっけ？」

「うん、今初めて聞いた」

完全に初耳の情報に、私は「そうだったのか」と驚きつつ頷いた。そういえば、蒼井くんがどこに住んでいるだとか、どういう私生活をしているだとか、そういうことを私は知らない。昔の実家がどこにあるのかは成り行きで知っているけれど、ただそれだけだ。

「これはこれは……予想以上ですね」

「だねえ。流石にもうちょっとこう、」

「そこの二人、うっさい」

何かをひそひそと話し始めたティレニアと隼人さんに向け、蒼井くんがぎろりと睨《にら》みをきかせる。

「ああごめんユウくん、怒んないで」

「怒らせようとする気しか感じないんだけど」

「まあまあ」と言いつつ肩をぽんぽんと叩く隼人さんの手を払いのけ、蒼井くんはさっさと店の奥の方へと歩いていく。

「あらら、へそ曲げちゃった」

「今のは隼人が悪いです」

「まったくもう」とため息をついた黒猫は、レジカウンターの上でゆらりと尻尾を揺らし、私の方向を見上げた。

「更紗、申し訳ないのですが。悠斗の加勢に行ってくださいませんか？　お客様がいらっしゃいましたらお呼びしますので」

「お、分かった」

さっきおやつについて話し合うと言っていたし、『加勢』とはきっと調理関係のことだろう。私はティレニアに向かって頷き、先ほど蒼井くんが消えて行った先の廊下へ歩を進め。

　そこで、予想通りキッチンの中で冷蔵庫と睨めっこをしている蒼井くんの姿を見つけた。

「蒼井くん？」

　どうしたの、と声を掛けると、彼はぱたりと冷蔵庫の扉を閉め、一拍置いてからこちらを振り返った。

「あー、いや、今日作るものなんだけど、どうしようかなって」

　そう言って彼は、ほんのわずかに眉を顰める。なんだか妙に、歯切れが悪い。

「史也がさ、ストックできるものを少しでも作っといたらって言ってて。『忙しくなったとき大変じゃん』って」

「忙しくなったときかあ、まあ確かに……？」

　私はゆっくりと首を傾げる。

　もともと、この硝子館で作るスイーツは、お客さんの『心の宝石』のメンテナンス時に出すモノだ。お客さんの心がほぐれやすいように、美味しい食べ物と美味しい飲み物でもてなそう――そういうコンセプトのもと、私はその調理のお手伝いをしている。

「確かに、今まで作ってきたものってその場で作るものだったよね」

　フルーツサンドにコンフィチュール付きのパンケーキ、そしてフローズンヨーグルトに、クレープのようなブリティッシュ・パンケーキ。出すのならばできるだけ出来立てが良いし、もしお客さんが来ずに空振りしてしまった場合、ここに居る硝子館メンバーだけでもすぐに食べきれるようなものしか作ったことがない。

「もともと、お客さんが来る周期って最短でも三日に一度くらいだからね」

蒼井くんがそう言いながら、冷蔵庫の中の目ぼしいものをキッチンのテーブルの上に出していく。牛乳に生クリーム、卵に……何故にすだち？

「え、そうなの？　周期って決まってたんだ？」

しかしすだちよりも今は初耳の情報についてだ。お客さんが来る周期なんて初めて聞いた。

「んー、決まってるっていうより、必然的にそうならざるを得ないってとこかな。あ、とりあえずすだちとミルクのグラニテ作ってみていい？　ちょっとは日持ちするっしょ」

か、会話に情報量が多い……。

私は目を白黒させつつ、彼のグラニテ作ります宣言に頷く。

グラニテとは、フランス語で「ざらざらした」という意味の氷のデザートだ。シャーベットのような粗いかき氷状のスイーツ。すだちとミルクは確かに合うかも。

「ええと、そうならざるを得ないって？」

問いを被せつつ、私はそのグラニテに合いそうな、少しは日持ちのするメニューを作ることにした。

「まず、最初に店に来た『メンテナンス対象』のお客さんに、護り石を嵌めた鍵を処方するだろ？　んで、その後に護り石がその『淀み』をお客さんの代わりに吸収してダメージを一定程度受ける――その間、少なくとも三日間はかかる。……淀みっていうのは、じわじわくるものだから」

そう言いながら、蒼井くんがすだちを二等分して搾り汁を作り出す。私は私で棚からイタリア産レモンのはちみつの瓶を取り出した。ほんのりとした酸味が爽やかなはちみつだ。

「サンキュ。……そんで、その護り石が壊れかけた状態でまたお客さんが来るまで、他のお客さんは来ないようになってる。その『一人』に向き合ってメンテナンスするために」

「……そうだったんだ」

私は濃い目のアールグレイを淹れるべく、お湯を沸騰させにかかりながら頷く。

確かに、一人のお客さんの『心の宝石の淀み』と、その理由に向き合っている間、他のお客さんが並行して来たことはない。あくまでもそれは私が硝子館でバイトをするようになってから間もないからであって、たまたまかなと思っていたけれど。そもそもそういうことではなかったらしい。

「だからまあ、結構お客さんが来そうな期間とかは予測がつきやすいんだけど」

小鍋にすだちの搾り汁と牛乳、それにはちみつ、砂糖。それらを入れて火にかけながら、なにやら蒼井くんが眉間に皺を寄せる。

なるほど。だから今まで蒼井くんは、「そろそろお客さん来るからさ」なんて言葉を、ちょくちょく口にしていたのか。

納得する私の横で、はちみつと砂糖が溶けたのを確認した蒼井くんが小鍋の火を止めた。入れ代わりに私が沸かしていたお湯がやかんの中で沸騰する音を知らせ、私はたっぷりの濃い目の紅茶を淹れる。そしてそれを鍋に入れ、牛乳と生クリーム、はちみつを入れて中火にかけたところで、蒼井くんがまたぽつりと口を開いた。

「それ、何作る気?」

「ん？　はちみつ紅茶のミルクプリン」

アールグレイのふんわり香るはちみつミルクプリンに、爽やかなすだちとミルクのグラニテ。これに生クリームを載っけたりなんてしたらもう、美味しさのオンパレード間違いなしだ。

「なるほど。いい判断」

「おっ、ほんと!?　やった」

素直に褒めてもらったことにもろ手を挙げて喜びつつ、私ははたと気付いた。

——お、結構これはちゃんと動揺せずに話が出来ているのでは？

正直、先ほどは友達とも思われていなかった事実にかなり動揺してしまったけれど。折角友達にと言ってくれているのだ、いつも通りに話せるようにならなければ。

「ところで蒼井くん、何でいきなりお客さんの周期の話？」

沸騰した鍋を火から下ろし、蓋をして置きながら私は何気なくそう聞いた。

よし、これで後は粗熱《あらねつ》を取った後に溶き卵と砂糖を入れてよく混ぜ合わせて、茶こしでこして蒸せばオーケーだ——そう、気を緩ませながら聞いた私の質問に、彼はどこか仏頂面で口を開く。

「……別に、なんとなく」

神様、調子に乗ってすみませんでした。

丁度良い距離感の測り方と会話の難しさに内心唸りつつ、私は宙を見上げるのだった。


「いらっしゃいませ！」

そのお客さんは、私と蒼井くんがグラニテとプリンを作り終わり、それぞれ冷凍庫と冷蔵庫に突っ込んでから約三時間後——午後八時になりかけの時間帯に、店に来た。

シンプルなクリーム色のブラウスに、フレアのロングスカート。足元は白いスニーカーで、カバンは無地の黒いもの。下がり気味の眉が優しい印象を与える、おっとりとしていて穏やかそうな感じの女性だった。

「外、雨いかがでした？」

「あ、さっきちょうど降り止んで……ありがとうございます」

蒼井くんの呼びかけに受け答えしつつ、彼女は彼が差し出した傘の袋を手に取ってぺこりと頭を下げた。その拍子に、彼女の肩まで伸ばした黒髪がさらりと流れる。全体的に落ち着いていて、恐らく二十代の方だろうと思われる女性だった。

「更紗、何か気付いたことはありますか？　あればそこのメモ帳に、書いていただけると」

レジカウンターの上で、帳簿の隣に前足を揃えて座るティレニアが小首を傾げた。

「んんん、気付いたこと……気付いたこと……」

ティレニアの横で帳簿の確認と文字を書きつけるフリをしながらそっとお客さんの様子を見守っていた私は、店内の棚を興味深げに見て回るお客さんの姿を観察しつつ口ごもった。

なんだか、聞いてくるタイミングが早すぎるような。今得られるのは視覚情報のみで、それすらもほぼ初見だ。情報なんて、ないに等しい。

「あ、ゆっくりで大丈夫ですよ。急かしてしまってすみません」

「ううん、ちょっと待ってね……あ」

ティレニアの囁きを聞きつつ、私はお客さんの様子を見続け——そして、違和感の元に気付いた。

『合ってるかは分からないけど。あのお客さん、足にアンクレットしてる』

　私は手元の白紙のメモ帳へ、そう書きつけた。

「ほう、アンクレットですか」

『うん、右足に。社会人って、会社にアンクレットしてくのかな？　結構目立つやつ』

　遠目でも彼女が足を運ぶたびに分かる、金色の太いチェーンに、何やら大きめの石がついているアンクレット。

　そしてお客さんにプレッシャーを与えないためか、敢《あ》えて私たちから離れた店の奥で緋月くんと歓談していた様子の隼人さんが、彼女の足元にちらりと視線を遣るのが私の視界に入る。

「まあ、従業員の服装にとやかく言わない会社もありますからね。それに、あの方が社会人だとどうして分かるんです？」

『入って来た時間帯的に、そうかなって。それにあの人の持ってるカバンが、A4サイズの書類が入る大きさのカバンで』

「A4サイズ……？」

　ティレニアがゆっくりと首を傾げる。

『うん。A4サイズの書類が入る大きさのかっちりした女性用カバンって、結構少ないんだよね』

私は考えながら、粛々と感じたことをメモ帳に書いていく。

『少なくともお出かけカバンに持ち歩く人は少ないと思う。大学生かなとも思ったけど、服装もそれにしては落ち着いてるし、カバンもテキストとかが詰まってるわけじゃないみたいだし……』

一瞬、先ほど彼女が折り畳み傘をしまおうとした際にちらりと見えてしまった、カバンの中の紙の束。一瞬だけだったけれど、分厚くてかさばるテキストはなさそうな感じだった。

そう、総合的に見て社会人の方かなとあたりを付けたのだけれど。

「……」

ティレニアは黙りこくったまま、こちらを見つめるのみで。そのしばしの沈黙にもしかしたら、的外れもいいところだったのかと冷や汗が背中を流れる。

「ご、ごめん。私の勝手すぎる考えかも」

「いえ……なるほど」

尻尾を左右にぺしぺしと小さく振りながら、しばし考え込むティレニア。ややあってから彼はひょいと顔を上げて「にゃあお」と鳴いた。

「どうした、ティア」

数秒後、レジのカウンターに蒼井くんがゆっくりと歩み寄り、ティレニアの方に身を屈めた。どうやら今のは蒼井くんを呼ぶ声だったらしい。

「にい」と小さく鳴いたティレニアが、その小さな前足で私の走り書きメモをちょいちょいとつつくと、彼はすうと目を細めた。

「了解。桐生さん、あの箱出してくれる？」

「う、うん。でもあの、まだ石の色までは遠くて見えてないんだけど」

「大丈夫」

そうひそひそと会話をしながら、私は少し身を屈めてレジカウンターの下の引き出しから『青の箱』を取り出す。

「ありがと、行ってくる」

「うん、お願いします」

右手に『青の箱』を持ち、左手でひらりと小さく手を振ってみせる彼を見送りつつ、私は懸命にお客さんの足元に集中しようと目を凝らす。もう少し近寄れば、色が分かるかもしれない——そう思って足を踏み出そうとした矢先、机の上のティレニアがぴょんと床に飛び降り、すたこらとお客さんめがけて走り出した。

「ティ、ティレニア！　待って」

慌てて彼の後を追い、私はお客さんの足に突進しそうな彼をひょいと抱き上げる。そしてその途中で、お客さんの足に着いているアンクレットの石の色が不意に目に飛び込んできた。

——ここに来るお客さんの『石』でよく見かける、黒い煤けた陰に侵食されかけている石の色。

その陰の隙間から、薄紫のような黄色のような、不思議な色合いが一瞬だけ目に焼きついて。

はっとなった私がティレニアを抱え直しながら身を起こすと、目の前には目を丸くしたお客さんが立っていた。

「お、お客様。大変失礼いたしました」

慌てて頭を下げる私の腕の中で、ティレニアが「にゃあお」と小さく鳴く。今しも黒猫に突進されそうになっていたお客さんは、優しいことにふっと微笑んでくれた。

「いいえ。可愛い猫ちゃんですね」

「よかったなー、ティレニア」

柔らかく微笑んだ隼人さんが横から黒猫の頭をそっと撫でた。その隣では、黙ってにこにこと「見学」に徹している緋月くんの姿もある。

「ほら、そっちで大人しくしておいで。動き回ると危ないぞ」

そして隼人さんはついとレジの方を指さし、私に向かって一瞬ウインクした。ウインクキラーで主犯者がターゲットにだけ見せるような、ごく微細な流れるようなウインク。これは、ティレニアを連れて元の場所へ戻れという意味だろう——そう解釈した私は、大人しく元いた場所へとことこと戻った。

後ろからは、蒼井くんがお客さんに話しかけている声が聞こえてくる。

「なにか気になる商品はございましたか？」

「あ、ええと……あの、さっき見たグラスなんですけど」

「グラス……ああ、ではこちらの方ですね」

会話をしながら、蒼井くんが店の右奥の棚の方へ向かう。入れ違いのように、こちらには隼人さんと緋月くんが戻って来た。

「更紗さん、ちょっと僕奥に入ってるから、お会計とか任せていいかな？」

「あ、はい。もちろんです」

「ありがとー」

にこやかにひらりと手を振り、隼人さんがレジ裏の扉の奥へと消えて行く。それを見送ってから店内に向き直ると、目の前にはレジカウンターにほんのり寄り掛かった緋月くんがいた。

「うわ、びっくりした」

「いやー、そんな驚くかな」

にこにこと目の前で微笑まれ、なんだか居心地が悪くなった私はすっと目を逸らして腕の中のティレニアを撫でつつ、蒼井くんとお客さんの方へ注目する。今は仕事に集中だ。

「これなんですけど、ええと」

「ああ、このグラスリッツェンのグラスですね」

「グラスリッ……？」

「ヨーロッパ伝統の『手彫りガラス工芸』です」

そう、説明する蒼井くんの声が聞こえる。

確か私も、前に聞いたことがある。「グラス」はもちろんガラスのこと、「リッツェン」は、「傷をつける」という意味の言葉で。

「別名で、ダイヤモンド・ポイント彫り。ダイヤモンドが先端に付いたペンで、ガラスの表面に細かく彫刻して模様を彫るものです」

「へええ……相当細いペン先ですよね、それ。こんな模様をそんなペンで描くなんて、凄いなあ……大変そう」

「仰る通りです」

爽やかな笑顔で頷く蒼井くんを前に、お客さんは「それじゃあ」とグラスを指さした。

「これ、お願いします」

「そちらの模様でよろしいですか？」

「はい、これならきっと大丈夫です。お洒落だし、綺麗だし」

――これならきっと、大丈夫？

なんだか他人事のようにも聞こえるワードに私が目を瞬かせている間に、蒼井くんはお客さんを伴ってこちらへ戻って来るそぶりを見せた。私はティレニアを地面に下ろし、二人をレジの後ろで待ち構える。

そしてふと、お客さんの足に着いていたアンクレットの宝石の色を思い出し、メモに『紫と黄色（?）』と文字を書いた。忘れないうちに蒼井くんに伝えなければ。

「こちらお会計、お願いします」

そう言って蒼井くんがレジカウンターの上に置いたのは、唐草模様が美しく彫られた透明なグラスだった。顔を上げると彼と視線が空中で合い、私は無言でメモを指さす。

彼がちらりとそちらに目を遣り、口パクで「了解」と頷くのを見て、私も頷き返しつつ口を開いた。

「はい。こちら在庫を確認してき……」

「あ、俺行ってくるよ」

店先の商品はガラスの製品なので、万が一壊れた時のためやお客さんにお渡しする時のために、幾つかストックがある。それを取りに行こうとした矢先、緋月くんが私の横でひょいと挙手をしてみせた。

「緋月くん、場所分かる？」

「うん。この前隼人さんに教えてもらったから行ってくる」

「あ、ありがとう」

私が頷いて彼を見送ると、蒼井くんはレジカウンターの上に、小脇に抱えていた『青の箱』をトンと置いた。

「お客様。こちら当店の期間限定キャンペーンでプレゼントさせていただいているものなのですが、よろしければ」

箱を開いてみてください、と言いながら蒼井くんが『青の箱』を指し示すと、お客さんはまじまじとその箱を見つめた。

「……」

なんだか妙に、その間が長い。

「あの、お客様……？」

あまりに何かを値踏みするような視線で『青の箱』を見つめる彼女に私が恐る恐る声をかけると、お客さんは「あっ、すみません」と言いながら箱を開けた。

「箱、凄く綺麗だなと思って……って、うわあ」

しみじみと呟くように言った彼女は、箱の中身を見て更に感嘆の声を上げた。

「こ、これ本当にプレゼントですか？　オパール……ですよね？」

そして鍵を手に取り、困惑に眉を寄せる。彼女の手のひらを見れば、鈍い金色の鍵の持ち手の部分には、彼女の言葉通り小指の爪ほどのオパールが光っていた。

粒子の大きさによって光の屈折が変わり、異なる色彩を発生させる「遊色《ゆうしょく》効果」。ミルキーなホワイトの地のつるんとした宝石の中に、光と共に虹が揺らめく姿は、息を呑むほど美しい。

「オパールって種類が多いんですよ。それは一番オーソドックスなベースの色で、しかも加工する前に一度割れてしまって売り出せなくなってしまったものなので、お気になさらず」

「でも本物です」とにこやかに付け加え、蒼井くんが鍵についた宝石を指差す。

「オパールは模造品も出やすいんですが、見分け方も幾つかありまして。横から見ると分かりやすいですよ」

「み、見分け方？」

「はい。例えば、合成したオパールの場合は、横からルースを覗くと、本物ならないはずの異常に真っ直ぐな柱模様の光が見えるんです。それから模造石の場合は、透明な素材と張り合わせているものもあったり――見分け方は様々ありますけど、それらが一例ですね。本物ですけど訳アリ品というわけなので、ぜひ。あ、壊れたら修理もできますので」

「なるほど……あ、ありがとうございます」

お客さんは納得したらしく、頷いて金の鍵を手に取った。その直後、私の後ろでドアがキイと開く音がして。

「お待たせして申し訳ございません」

そう言いつつ、緋月くんが人好きのする笑みを浮かべながら手に持った黒い箱をお客さんの前に差し出し、目の前で開いて見せた。

「こちら、傷がないかどうか手に取ってお確かめください」

「は、はい」

グラスを手に取ってまじまじと見つめた後、彼女は一つ頷いて箱の中へそれを戻す。

「大丈夫です、お願いします」

そう言いながら、お客さんはカバンの中をごそごそと探り、財布を取り出す。そして折り畳み式のそれを開くと、何かがヒラリと床に落ちた。

「あ、どうぞ」

瞬時にしゃがみ込み、素早い動きでそれを拾った蒼井くんが彼女に手を差し出す。その上には、ＱＲコードと何かの数字が真ん中に大きく表示された紙が載っていた。

「あああ、すみません」

ぺこぺこと頭を下げ、その紙を受け取るお客さん。彼女は財布から入れ替わりにクレジットカードを取り出し、キャッシュトレイに置いた。

私はそれを受け取り、カードの読み取りをすべく操作を進める。

「ありがとうございます、暗証番号をお願いします」

カードの読み取り機を差し出すと、その隙に何やら財布内のカードの位置の入れ替えをしていたらしい彼女が顔を上げた。

手にしていたカードを財布に戻す瞬間、その裏側が私の視界に映る。

――横に引かれた点線が四段、全て大きな空欄になっている。

なんだか既視感のあるカードの裏側に何だっけかと記憶を探ろうとしている私の前で、彼女は暗証番号を入力し終わり、会計が無事に完了した。

「カード、お返ししますね。ありがとうございます」

「商品はこちらです」

いつの間にやら手早く包装紙をかけ終わっていた緋月くんが、紙袋にまでいれた完璧な状態で商品をお客さんに手渡す。

「あ、ありがとうございます」

そして彼女はちらりと自分の腕時計を見る。「ああ、間に合っちゃう」という呟きを唇から漏らし、お客さんは最後にぺこりと頭を下げてから店の外へ出て行った。

「……なにが間に合いそうだったんだろう？」

彼女を扉の外へ見送ってから、私は不思議に思いながら店の時計を見る。

現在時刻は、二十時二十分ごろ。この後まだどこか、寄るところがあるのだろうか。

しかも、「間に合っちゃう」というのは更に何なのだろう。

「ま、大体予想つくかな」

まさかの言葉を口にしつつ、蒼井くんがひょいと『青の箱』の蓋を開く。

「え、なんで？　どこから？」

「なんでも」

私の質問にも全く答える気のない様子でさっぱりと肩を竦め、蒼井くんは「ふむ、なるほど」と言いながら『青の箱』の中をじいっと見遣る。

「お、これってアメトリン？　だいぶ煤けてんな」

「色的にそうだね。一応鑑定はしてみるけど」

そして目の前で、宝石を真剣な表情で見つめつつ会話を交わす緋月くんと蒼井くん。

それ以上突っ込めなくなった私は、黙ってその様子を見守りつつ、悶々と考え込むのだった。


結局、お客さんの『心の宝石』の鑑定結果はアメトリンという宝石で——もう夜も遅かったので、鑑定までして昨日はお開きとなった。

そして私は私で家に帰った後、自分とまだ家に帰ってきていないお母さん用に夕食を作り、一人でもそもそと食べてから色々と調べてみた。

アメトリン。同じ宝石の中に紫色のアメジストと、黄金色のシトリンを含む珍しい宝石だ。紫と黄金色のバイカラーが入り交じり、まるで朝焼けの空の色のようなグラデーションを織りなす宝石。宝石言葉は、『調和性』、『創造性』だそうなのだけど。

アンクレットの意味を調べてみてもぴんと来るものはないし、何より情報が少なすぎるし。

「んんん、どういうことだろう……」

「どしたの？」

アメトリンのお客さんが来た、翌日の学校にて。休み時間に自席で唸っていたところをひょこりと上から覗き込まれ、私は思わず目を丸くする。

「真帆！」

「悩み事？」

「んーん、今日の夜ご飯何にしようかなみたいな」

私はとっさにそう誤魔化す。流石に硝子館の話は学校では出来ないし、クラスメイトにも話せない。

「えっ、自分で作ってんの？」

「うん、お母さん夜遅いし」

「そっかあ……偉すぎるね更紗」

「へへ、ありがと」

しみじみとそう言われるとなんだか照れる。私が頬をかきながら答えると、真帆は「そういえばさあ」と首を傾げた。

「更紗って、彼氏いたことある？」

「えっ、彼氏？　ないないないない」

突然の質問に戸惑いつつ、私は首と手を振った。

「え、一度も？」

「うん、一回も」

「マジか。意外だわ」

しげしげとこちらを見ながら言われ、「いやあ」と私は髪をかく。

そもそも彼氏どうこう以前の問題で、私が男子と面と向かって話せるようになったのはつい最近の話だ。それまで、硝子館に客として行ってメンテナンスしてもらう前は、男子と話すことがずっと苦手で基本的に避けていた。そもそも自分からあまり関わらないようにしていたのだ。

「ちなみに好きな人とかは？　ひょっとしている？」

降って湧いた恋バナに、私は目を瞬かせる。

好きな人、か。そういえば、男子を避けていたから恋愛もしたことがない。というより、それどころではなかった。

だから、恋愛で『好き』という状態がどういうものか、恥ずかしながら私にはよく分かっていなかった。縁がなさすぎて。

「いや、いないかな……？」

こちらは友達と思っていたけれど、友達と思われていなかったことが判明して、落ち込んだ相手ならいるけれど。私はぼんやりと彼の顔を思い浮かべつつも首を振る。思い出すととことん落ち込んでしまうから、考えないようにしなくては。

「そっかー、ちなみに好きなタイプとかは？」

「好きなタイプ……んー……」

それも正直あまり考えたことがない。私は目をうろうろさせて言い淀んだ。

「顔の系統とかでも！　例えばさ、このメンバーの中だったら誰が好みとかある？」

そうして目の前に差し出された彼女のスマホの画面上には、最近テレビでよく見かける男性アイドルグループの写真が表示されていた。

「ちなみに私の推しはこの人」

「おおお、かっこいい！」

目鼻立ちのくっきりした、彫りの深いタイプのイケメン。これが真帆の推しらしい。彼女はうっとりした顔で「マジでそうなのよ」と微笑んだ。

「見てるだけで幸せなんだよねぇ……尊すぎて、たまに見てると記憶飛ぶ」

「き、記憶？」

「そうそう。人間、尊すぎるものを前にすると情報処理能力バグるのかね、それかも」

なんと、そんなことまで起きるとは。推しとは恐るべしである。

「お、二人とも何の話ー？」

そんな話をしているうちに、クラスの他の子たちも会話に加わってきて、いつの間にやら議論は白熱し。

「推しにするならどのタイプ？」の話題に巻き込まれ、いつの間にやら休み時間が飛ぶようにすぎて行ったのだった。

「……桐生さん、大丈夫？」

「大丈夫大丈夫ー」

推し議論から数分後。クラスメイトからの質問攻めからやっとのことで解放され、私は机に突っ伏しつつ手だけをひらひらと上げた。顔を伏せていても相手の声は分かる、これは蒼井くんだ。

「めっちゃ疲れてない？」

「いえあの、考えることが多すぎてですね」

　色々考えるべきことはあるけれど、まずはお客さんのことが第一である。私は必死に思考を立て直し、散らばっていた情報をかき集めた。

　昨日「これならきっと大丈夫」とグラスを見つめながら呟いたあの言葉、何やらあの後訳アリの寄る場所がありそうだった様子。舞い落ちたＱＲコードの紙に、入れ替えていたカードの裏側。それらが気になって仕方がない。

　なぜなら、あのお客さんが硝子館に来たということは、何かに起因して心の痛みがいっぱいいっぱいになってしまったからで。そして店に来たタイミングの前後に、その起因要素があることが多いからだ。

「あー……考えが……まとまらない……」

　なぜかやたらと、『友達』やら『好きな人』やら『好きなタイプ』やらのワードや、「友達になってくれないか」と言ってきたときの蒼井くんの顔が頭に浮かんで仕方がない。今はそれどころではないと言うのに、意識散漫にもほどがある。

　思わず独り言《ご》ちながら机に突っ伏し続けていると、制服のポケットに入れたスマホがメッセージの着信を知らせて震えた。私は頭を抱えながら、ぼんやりとその画面を確認する。

『重い荷物と、本人確認が必要な場所ってどこだと思う？』

「……！」

メッセージの内容を一読した瞬間。「なるほどそういうことか」と頭の中で点が少し繋がり出す。私はがばりと起き上がり、怪訝そうな表情の蒼井くんを尻目に、スマホで調べ物を再開するのだった。


「サラちゃん、なんかあった？　なんだか元気がな」

「ううん。元気元気」

時刻は午後七時半、そして場所は硝子館。私は横並びに一緒にしゃがみ込んでいる緋月くんの言葉を遮り、一息で言い切った。

「……めちゃ食い気味じゃん。逆に怪しい」

「いえあの、本当になんでもないんだごめん」

「そういう時って、大抵なんでもなくないですよ、更紗」

どうやら昼に蒼井くんからの「友達になってくれ」との言葉を思い出してしまった落ち込みモードから立ち直れておらず、それが他人にまで分かるレベルに漏れ出ていたらしい。黒猫姿のティレニアにまで指摘され、私は慌てて息を潜めながら応接室の中を指差した。

「いやほんとに。それよりほら、もう少しでメンテナンスはじまりそう」

「……」

一人と一匹から無言のジト目で見つめられ、私の背中に冷や汗が伝う。どうしたもんかと視線を宙に彷徨《さまよ》わせていると、応接室の中で「それでは、あなたのお好きな数字を一つ選んでください」と切り出す蒼井くんの声が聞こえた。

私は思わず、手元にあるビロードの小袋の上から、壊れかけたオパールと、くすんだアメトリンのルースをそっと包み込む。さっき蒼井くんから手渡された品々だ。

――そう、なんと昨日硝子館に来たばかりのお客さんが、連日でまた来たのだ。最短でも基本は三日かかると聞いたばかりなのに。

その手に、ヒビが入りかけのオパールの鍵――『護り石』が壊れかけた、金の鍵を携えて。

予期せぬほど早いお客さんの来訪に私が驚愕に目を見開く一方で、隼人さんはじめ宝石魔法師の面々は早すぎるお客さんの再来店にも特に動じず、てきぱきとお客さんの『心の宝石』のメンテナンスのための準備を整え。

私はといえば、昨日作ったばかりのはちみつ紅茶のミルクプリンに、ホイップクリームとミントと蒼井くん作のすだちとミルクのグラニテを載せ、ストックしてあった水出しアイスコーヒーを出しただけだ。後はタイミングの良い時に『壊れていない護り石』の鍵を持ってくるように蒼井くんから指示を受け、こうして緋月くんとティレニアと共にメンテナンスの様子を窺っている。ちなみに隼人さんは店番だ。

「――結果が出ました。『五』ですね」

そう言いながら、蒼井くんがテーブルの上のビロードの箱を指し示すのが視界に入る。

きっと彼は今、アメトリンを指さしているのに違いない。私は手元にある煤けたアメトリンをちらりと見遣る。

本来であれば、鮮やかな朝焼け色をしているはずの宝石。その色は、まだ暗い。

「こちらはアメトリンという宝石で、アメジストとシトリンの二つの宝石が一つの石の中に存在する宝石です。実は最初に流通していたのは人工的なものだけで、約二十年間、天然のものはないと言われていた宝石ですが――こちらは天然のものです」

「に、二十年間人為的なものが作られてたあとに、天然のものが実際に見つかったってことですか……？」

気後れしたように呟くお客さんの声に、蒼井くんが頷くのが見える。

「はい。凄い話でしょう？　――すべての宝石には、それぞれ物語がありますが……この宝石はたくさんのストーリー性を持っています。石言葉も『調和』と『創造性』ですし」

「……創造、性」

どこかしみじみと呟くお客さんの声。それに被せて、蒼井くんは「実は」と切り出しながらいつもの口上を続け始めた。

「先ほど教えていただいた生年月日と、この石の組み合わせを考えて占うと、その人の性格が分かると言われてましてーー」

　そんな折、私の隣で「そういえば」とティレニアがつと口を開いた。

「更紗には分かりました？　昨日、店に来た後にお客様が行った場所」

「あ、うん。新古書店……多分、本を売りに行った……とかだよね？」

　窺うようにちらりと緋月くんへ一瞬目を向ければ、浅い頷きが返ってきて。それとほぼ同時に、「えっ」という、お客さんの驚愕と戸惑いの声が聞こえてきた。

「あの、どうして分かるんですか……私が、絵描きだって」

「どういった種類のものをお描きになるかまでかは分かりませんが、合ってます？」

「あ、合ってます……」

　そう言いながら、お客さんが戸惑うように蒼井くんを見返すのが見えて。こちらサイドでは、ティレニアがこくりと頷いて「正解です」と右前足を挙げていた。

「さすが更紗ですね、どうして分かったんです？」

「ええとあの、あのQRコードと数字付きの紙って、駅のロッカーの鍵代わりのものかなって。それにあのお客さん、昨日お会計の時に免許証を手前の方に来るように入れ替えてたから、その後にすぐそれを使う場面が来る時に備えて、財布の中身を整理してたんじゃないかなって……」

　そう、しばらく考えてからやっと私は気付いたのだ。お会計の時、ちらりと見えた裏面に大きな点線が四本走っている大きな枠を持つカード――それが、免許証の裏側で、転居先の住所を記入する備考欄だということに。

裏側に備考欄がついているカードは、本人確認に用いられるカードがほとんどだ。

そして、ロッカーに何かを預けた印のあのＱＲコード付きの紙。ロッカーに預けるということは、それが職場に持っていけないほど大きいか重い荷物。そして、本人確認用の免許証カード。

『重い荷物と、本人確認が必要な場所』――そして、お客さんが二十時半頃のタイミングで発した、「間に合っちゃう」の言葉。その条件に当てはまる比較的近隣の場所は、新古書店だ。

手元に置いておけなくなった本や漫画を、手軽に売りに行ける場所。だけれど売るには本人確認のカード類と、本の現物が必要だ。本の積み重なった重みは相当なもので、一日中持ち歩けるかと言われれば五冊以上だと少しきついものがある。

「重い荷物が必要」という条件であれば質屋や洋服のリサイクルショップという可能性もあるけれど。あの時点で、店から「間に合ってしまう」時間まで開いているとなると、おのずと候補は絞られてくるのだ。

そもそもここから徒歩圏内に夜二十時以降も開いている質屋やリサイクルショップ、古書店はなく、行くのであれば電車に数分乗っていくことが出来る、二十一時まで開いている新古書店のみ。何かを売ろうとすれば、そこまで行くしかない。

だから、あのお客さんは「間に合っちゃう」と言ったのだ。あの時はまだ二十時二十分ほどで、閉店まで間に合う時間帯だったから。

「もう一つ——最近、自分の大切なものを手放さざるを得なかったりするような、そんなことがありませんでしたか？」

「……え、あの……はい。そうです。まさに昨日」

蒼井くんの言葉に続けて、お客さんの声の波が揺れる気配が、応接室の中から聞こえてくる。

「昨日、あの後ですよね？」

「あ、はい。だから昨日は古本屋で……漫画を、売ろうとしてました」

段々と、歯切れの悪くなっていく言葉たち。パラパラと音が途切れるように空中に霧散し、お客さんが俯きつつコーヒーと紅茶プリンを口に運ぶのが見えた。

「それは、本当は売りたくないものだったんですよね？」

「……そうです」

そしてその語尾が震えたかと思うと、私の手のひらの中でパキンと、『護り石』に一段階深い亀裂が走る音がした。

「……本当は、売りたくなんて、なかったんですけど。でも、そうするしかなくて」

そう言って、俯いた彼女の肩が震えるのが見えた。

手放したくないものを、手放さなければならなかった理由。そしてそれが彼女が絵描きだということと、どう関係するのか——眉間に皺を寄せつつ私が考えようとする前で、蒼井くんは続け様に口を開いた。

「もし外れていたら申し訳ないのですが、誰かに、売るように言われたのでは？　ご家族、もっと言えばお母様とか」

「……え」

顔を上げたお客さんの目が、みるみるうちに丸くなってゆく。

「な、なんで分かるんですか？」

「あ、あくまで占いですのでそう身構えず。ひとまず、当たってらっしゃいますか？」

「ええ、それはもう、ものすごく」

目を丸くしたまま、かくかくとぎこちなくお客さんは頷いた。

さすが蒼井くんだ。『占い』とは完全に口実で、推察だけでお客さんの状態をみるみる当てていく。

「そのう、うちの母は、逆らうとちょっと色々面倒くさくて」

「ああ、昨日のグラスももしかしてお母様へのお土産、とかですか？」

「……当たりすぎて、怖いです」

恐る恐ると言ったように、お客さんがまたも頷く。

「そうなんです、あの……昨日怒らせてしまったから、そのお詫びに何か買ってった方がいいと思って」

――そうか、だから。

『はい、これならきっと大丈夫です。お洒落だし、綺麗だし』

昨日の彼女のあの台詞。昨日買っていたグラスは自分用じゃなくて、お母さん用。お母さんが気に入るかどうかという意味での、『きっと大丈夫』だったのだ。

「なるほど。そのお母様に、漫画を手放すように言われたと」

「そうです。その……大人になってもこんなものにハマってるなんてって、言われて。うちの母、漫画とかアニメとか、あまり見ないし嫌いだそうで。小説もノンフィクションとかハウツー本しか読まないタイプで……」

――ああ、と私は思った。

世の中には、生きていくのに『物語』が必要な人と、そうでない人がいる。物語があるからこそ日々を生きていける人と、摂取しなくても生きていける人。決めつけは良くないけれど、きっとお客さんの「お母さん」は後者なんだと、私は悟る。

私がそっと見守る前で、蒼井くんはしばし考え込んだあと、「そうですね」と少し上を見上げた。

「それだけではなく、後もう少し聞いてみてもいいですか？　――お客様、かなり長い間絵を描いてらっしゃいますよね？」

「……え」

しばらく沈黙が続いた後に蒼井くんが差し出した言葉に、お客さんははじかれたように顔を上げる。

「すみません、これは占いではないんですけど。その右手のタコの箇所、相当長くペンを握り続けていないとできないところですよ」

「あ……」

「それに――僕の知り合いが前に言ってたんです。絵を描いたことのない人は、細い筆やペン先で描かれた細かい絵や線を見ると『細いペンだから細かい模様も描けるんですね』と簡単に言うけれど、実際に絵を描いたことのある人は、その大変さと難しさを知っているって」

『へえ……相当細いペン先ですよね、それ。こんな模様をそんなペンで描くなんて、凄いなあ……大変そう』

『仰る通りです』

――そう会話していたのを思い出して、私は思わず息を呑む。あれは、そういう意味の会話だったのか。

「凄い……なんでもお見通しですね」

どこか途方に暮れたように感嘆の声を上げるお客さんに、蒼井くんが「それほどでも」と謙遜しながら微笑む気配がした。

「でも、どんな種類の絵を描かれるかまでは流石に僕にも」

「ええ、あの……漫画を、少し」

「凄いですね。漫画家さん志望、とかですか？」

蒼井くんの柔らかい声に、そろりと彼女が顔を上げるのが見える。彼女は先ほどよりもだいぶ小さな声で、「あの……笑いませんか？」と呟いた。

「笑いませんよ。どうして、笑われると思ったんですか？」

「……だって、恥ずかしいじゃないですか」

「どこがですか？」

蒼井くんの真剣な声色に、彼女の肩がふっと緩む気配がした。

「何もない、何もできていない平凡な自分が、夢を語るっておかしいかなって。身の丈に、合いませんし」

「どうしてそうお思いに？」

「――私には、何も取り柄がないから」

ぼんやりと唱えるように言いつつ、お客さんは紅茶プリンを口に運ぶ。カチャンと小さな音が聞こえる中、ぽつりと蒼井くんがまた口を開いた。

「それ、ひょっとしてお母様から言われたりしてらっしゃいました？」

「……はい。親には、ずっと『何の取り柄もないんだから、一般的な堅実な道を』と」

お客さんが、そうぽつりと話し出す声が聞こえる。

「私の親と私は、本当に趣味や嗜好《しこう》が全然違っていて……彼らにとっては、『漫画』ってただの『娯楽』なんです。それに時間を費やすよりも、現実を見なさいって」

——昔から、『堅実な人生を歩め』と口を酸っぱくして言われ続けてきた。

勉強して、良い学校に行って、出来れば大手企業に就職することを目指して、そこで仕事を全うして。親が望む進路を進むべき、それこそが親孝行だと言われて生きてきた。

——『あなたには、何の取り柄も特技もないんだから』。

そう言われ続けてきたけれど。勉強のために友達とも遊ぶことを制限されて、自由に過ごせる時間も少なくて、親に言われるがまま、生きてきたけれど。

「……でもそんな中で、一つだけ、自分が好きになれることがあったんです」

窮屈な空気の学校と家庭の中で、一つだけ、自分が自由になれる時間。

「——大好きな物語に浸って、自分でもそれを作って、紙の上に描き出すこと。とりわけ、自分が好きな要素を詰め込んだキャラクターを描くのが好きで」

描く、作るという行為自体が、生きるために必要という人もいるのだ。

「現実がどうしても辛くても、自分の頭の中だけは自由だから。そこで描く世界の中だけでは、私は自由になることが出来た。……物語に、救われてたんです」

彼女にとって、物語は、頭や紙の中で展開されるとても大きな物語は、間違いなく自分を救ってくれたものだ。

「……でも、それは親には理解してもらえなかった。昔、親が寝静まった後に書き溜めていた漫画ノートが見つかって、すっごく怒られて。こんな無駄なことをしている暇があったら、勉強しろって。こんなもの描いたって何にもならない、と」

「……無駄、なんて言われたんですか」

蒼井くんの声に、お客さんが苦笑しながら浅く頷く。

「はい。あの時も……辛かったなぁ」

昨日もでしたけど、とその声が続ける。

――『昨日』。恐らく、この硝子館に来る王手になったきっかけが、そこにある。

「そう、昨日です。昨日は、何があったんですか？」

そっと蒼井くんが、優しく問いかける。先ほどからずっと感じていたことだけれど、その様子も実に堂に入っていて、高校生ながらまるで大人のよう。彼は確かに宝石魔法師なのだと、否が応にも思い知ってしまう。

「昨日……は、その……私がまだ社会人になっても諦め悪く漫画を描いて投稿し続けてるのが両親にバレて。『いつまで経っても現実が見えてないから結婚できないんだ』って、ノートや原稿を捨てられて……昔、実は小さな雑誌で賞をもらったこともあったんですけど、その原稿も、全部。あれです、奨励賞《しょうれいしょう》みたいな感じでそこから何かに繋がるわけじゃないいんですけど……でも、辛かった」

掠《かす》れ掠れの、お客さんの声が聞こえる。

「こんなものにいつまでもハマっているからいけないんだと、漫画も自分の手で売ってくるように言われて……逆らえなくて。だから昨日、仕事帰りに売りに行こうと、して」

——自分の手で、自分の好きな、手放したくない宝物を手放さなければいけない。その無念はいかほどだろうと思うと、胸が締め付けられそうだった。

私も、物語が好きだからこそ分かる。

好きな物語って、いつまでも手元に置いておきたいものだ。できれば実体として、紙の本として、宝物のように手元に置いて、お守りのように読み返して。そして日々を生きていくための心の糧にするような、そういうもので。

そうして積み重ねてきた自分の「宝物」を、手放すこと。それは、心を引き裂かれることに等しい。

そして何より、自分の好きなものを、努力の結晶を。それを打ち砕かれることは、打ち捨てられることは。

想像を絶する苦痛に違いない。この店に来たのも、納得の出来事だった。

「……創作物に興味がない方、ある方、この世には色んな方がいらっしゃいますから、どちらがいいとか悪いとか、そういう話ではないですが」

「それは流石にいただけませんね」という、少し硬い声色の蒼井くんの声が聞こえた。

「――人の好きなモノ、心血を注いでいるモノを批判して、あまつさえ手放すことを強要するのは、もはや人格否定に等しい。僕が人様に言える身分ではないかもしれませんが、それは人としてやってはいけないと、僕個人としては思います」

やってはいけない、おかしてはいけない、タブーの領域。

「先程、アメトリンの石言葉について少しお話ししましたが……これで腑に落ちました。あなたはずっと、ご両親の描く理想と、それと相反する、自分がやりたいことの間で悩んで、耐えてこられたんですね」

「……！」

こちらから、目を見開くお客さんの顔が見える。

「アメトリンの……石言葉、ですか？」

「はい。先程一番初めに行った占いです。実はあの結果であなたの今の心の状態が分かるのですが――アメトリンの石言葉の一つには、『調和』というものがあります。的外れでしたら恐縮ですが、あなたはこれまで、ご家庭の中で、何とか自分が親御さんの価値観に添って動くことで、対立のない、平和で友好的な関係を保ち続けようと努力なさっていたのでは？」

対立のない、平和で友好的な関係。それをなんとか保とうと、息苦しいなか奔走し続けた象徴の『調和』と。

「でもずっと心の中には、大切に温めてきた『好きなモノ』、つまり『物語を創造したい』という心――『創造性』があった。この二つの心を同居させながら、あなたは今まで懸命に息をこらえながら走って来たんですね」

蒼井くんの柔らかな声音が部屋に落ち、息を詰めたような表情のお客さんの口元が、不意に震えたような気がした。少し遠いから、分かりにくいけれど。

「いえ、でも、親の言うことも分かるんです。才能がある人は一握りで、絵が描ける人はたくさん居て、私は何の取り柄も持っていない普通の人間で、何も凄いところがない人間だから。……親の言う通り、私はナニモノにも、なれません」

――だから、いつまでも夢なんて見てないで、描いていたって何にもならないモノなんてやめて、地に足をつけて生きなさい。

――あなたのことを心配しているから、言っているの。

そういう言葉に、反論が出来ないのだと。

気が付いたら、レールが目の前に敷かれていた。周囲は、親は、自分に「役割」を期待していてるから、応えることこそ、自分のなすべきことだと頭のどこかで思っていて。

「……本当は、心のどこかでそれが本当だって解《わか》ってるんです。だって私……今の時代は自分から発信する方法がいくらでもあるのに、やってないんです。公募に細々と投稿することしか。——公募なら、『今回は合わなかったんだな、仕方ない』って諦めることが出来る。だけどもしネットに公開して、結果が振るわなかったら……その現実を受け止められるだけの度量が、覚悟が。私には、足りない。その時点でもう、駄目なんだって」

言葉を紡ぎ、息を吐いたお客さんが目を伏せてコーヒーを飲む。その向かい側の蒼井くんは、これに一体どう答えるのか。

「……いいえ、そんなことはないんですよ。まず、根本的なところからですが」

私が見守る前で、彼がふっと空気を和らげるように微笑む気配がした。

「そもそも、お客様。どこかで、『自分なんかが』と思ってしまっていませんか？」

「……それは、そうです。思ってます」

「——根本的な問題は、きっとそこなんじゃないかと。そもそもなんですが、『取り柄がある、ない』だとか『ナニモノにもなれない』だとか、そういうことって人が断定するモノではないし、やってみないと分からない領域だと思います。ましてや、それは親御さんにすら分からない。やってみる前からできないと断定して、あなたのその道を閉ざす権利は、誰にもないんです」

やってみないと、分からないことだってある。だって最初はみんな、誰しも、ナニモノでもない自分から始めているのだから。

「そもそも、『夢』を語ることが恥ずかしいってことに、どうして最近はなりがちなんでしょうね。今、全世界に物語を発信できる人、商売にできている人、みな最初は『なりたい』から始まっているのに、どうして最初のスタート地点から嘲笑する人間がいるのかと」

「……っ」

『『夢』を持つことは、それに向かって頑張ることは、好きなモノを追い続けることは。決して、恥ずかしいことではないんですよ」

無言のまま俯くお客さんの代わりに、私の手の中のオパール――『護り石』が、また更にパキンと亀裂を深くした。

「それに……好きなモノやコトって、簡単なように見えて実は口にしたり、それに対して行動に移すのが難しいと思うんです。だってそれって、自分の核の一部だったりするんじゃないかって。それを勇気を出して取り出して見せた結果の結晶を、否定されたりなんてしたら――自分自身の核を否定されたことと同義。……本当に、言葉にできないほど辛かったと思います。あなたはもう、十分すぎるほど頑張った」

「……っ、私、」

語尾が震えるお客さんの声と共に、私の手のひらのオパールがまた、パキンと割れていく。

「諦めなくても、いいんでしょうか……」

ちらちらと輝く虹色を、手の中で移ろわせて。

「……あと、もう少しですね」

「うん」

ティレニアの囁きに、私は胸をいっぱいにしつつ頷いた。

好きなモノやコトは、自分の中の核の一部。大切な、心の柔らかい部分に根差すモノ。

――『無駄』だなんて、何にもならないだなんて。

たとえそれが、波風の立たない、堅実な人生を生きてほしいからだとしても――決して、絶対に、言ってはならない言葉だ。ましてや、人の人生はその人のもので、他の人がコントロールするものでもなくて。

何をその人が大切にしているか、何が核なのか。その柔らかい部分を土足で踏み荒らす言葉だ。

――きっとあのお客さんは、これまで何度もそこを踏まれて、傷つけられてきた。

「……私、やっぱり漫画が描きたいです。ただ、物語を紡ぐのが好きで。好きで、好きで、それを見てもらいたいっていうのもあるんですけど……自分が救ってもらったように、自分の感覚が自分だけの独りぼっちなものじゃなくて、もしかしたら誰か一人でも同じ感覚の人が居て、その人にとって『私は一人じゃないんだ』って思えるものを、描きたい。できれば昔の私みたいな子にも、届くように。だから、難しい言葉が分からない小さな子でも読めるような、感じてもらえるような、漫画を描きたいと思ったんです」

身の丈に合わない夢だと、笑う他人が居ても。

現実が見えていない「痛い」奴だと、笑う他人が居ても。

実力がないのに、何て分不相応なことを、と笑う他人が居ても。

——でも、それでも。ずっと心の中に温めてきた想いがそこにあるからこそ。彼女の心の宝石は、このアメトリンになったんじゃないかと、私はぼんやり思った。

途中でやっぱり恥ずかしくなったり、辞めようとしたり、諦めようとしたこともきっとあっただろう。でもやっぱり、心のどこかに『夢』はあり続けて。

どれだけ踏みにじられても、『無駄』だと言われても、それでも。

独りぼっちで苦しんで、あがいて、あがいて、ここまで来たのだ。

「ええ、諦める必要なんてありませんし……きっとあなたは、諦めないと思います。だって、逃げてしまった方が絶対に楽なのに、ずっと心の中にやりたいことを温めてきたんですから。逃げないで、一人であがいて、ここまでいらっしゃった。それも、『できない』という呪いをかけられているのに」

「……『呪い』？」

「はい。言葉の『呪い』です」

蒼井くんが言葉をきって、コーヒーを一口飲んでから更に続けた。

「言葉には、力があります。人を抑制する言葉は、呪いにもなる。あなたの場合は、『取り柄がない、ナニモノにもなれない』がそれにあたります。……でもその『呪い』は、あなたの判断に、人生に、責任を取ってはくれない」

──言葉は、とりわけ言われた言葉は、人を縛る。

時には光や力をくれるけれど、反面、時には力を奪い、闇を与えてきたりもする。

「好きにしていいんです。その人生はあなたのもので、あなたのこれから取ろうとする道は、誰が何と言おうと、あなたが自分で選んで自分で進んでよくて、それを否定する権利は親だろうと、誰にもないんです」

私の手の中でオパールがパキンとまたひび割れ、とうとうその欠片は真っ二つにころんと転がった。同時に、私の手のひらで暗い陰に覆われていた朝焼け色の宝石は、その美しいバイカラーの輝きを取り戻していて。

透き通ったブドウのような紫色と、グレープフルーツのような黄金色。それらが組み合わさった奇跡の宝石が、本来の輝きを取り戻して静かに煌めく。

「……どうか、自分を卑下することに、慣れないでください」

――『そして、諦めないでください』と続けた蒼井くんの言葉に、お客さんが「はい」と涙に掠れた声で言うのが、私の耳に聞こえた。


「では、こちらを改めて。先ほどご確認いただいた、修理済のチャームです」

「あ、ありがとうございます……！」

メンテナンスが完了したあと。応接室から隼人さんが待つ硝子館の店内に戻り、私はお客さんにホワイトオパールの付いた金の鍵を改めて手渡していた。

「すみませんでした、たった一日で修理に来てしまって」

「いえいえ、オパールはもともと衝撃に弱いのでお気になさらず」

にこやかに答えた蒼井くんが、私の隣からすうとお客さんの手の上の『鍵』を指し示した。

「因みになんですが、このプレゼントって実はランダムで……でもちょうどお客さんにぴったりそうで、良かったです」

「ぴったりって、何がですか？」

きょとんとするお客さんに、「オパールの石言葉って、『幸運』と『希望』なんです」と蒼井くんが笑顔で付け加える。

「あとはあれですね、『夢を描き、達成していく能力を開花させてくれる』石ともいわれてます」

「夢……」

しばし虹色のオーロラを中にちらちらと揺らめかせる宝石を見つめ、ややあってからお客さんは笑顔でこちらを見た。

「ありがとうございます、大事にします。ずっとお守りに」

「はい、ぜひ」

そのやり取りを見届け、私は彼女を店のドアの先まで見送りに行く。

──それにしても蒼井くん、本当に凄いなあ。全部一人でやり切っちゃった。

晴れ晴れとした顔のお客さんを夜の鎌倉の道へと送り出す途中、私はしみじみとそう思い。

「では、またのお越」

「あの、すみません。ちょっといいですか……？」

店の正面の大きな扉を開け、お客さんと先頭の私だけ外に出た状態に一瞬なった時。私にだけ聞こえるような音量で囁いたお客さんが、私の手に何かを置く。

──それは、銀の鍵だった。

それも、いつもよく目にする例の『護り石』がついた金の鍵によく似ている鍵。

だけど色と、形が明らかに違うもので。

そしてその鍵の持ち手の部分には、見覚えのない、薄緑色に輝く宝石が嵌まっていた。

「……？」

「あの、それ、渡してくださった方に返しておいていただけませんか？」

「わ、渡してくれた人？」

「本当にすみません、確か茶髪で背が高い人だったと思うんですけど……」

申し訳なさそうに言いながら、彼女が不安げにちらりと私の背後を見遣った。

一体なんだろうか、と思う間もなく私の後ろでは、「ご来店、誠にありがとうございました」と今しも外に顔を出した蒼井くんの声が聞こえてきた。

「では本当に本当に、ありがとうございました」

「あ、ありがとうございました！」

背を向けて去っていくお客さんに、私は慌てて頭を下げる。呼び止める間もなく彼女は時計を気にしつつ早歩きで店から遠ざかっていって。

完全に、聞くタイミングを失った……。

そもそもこの硝子館の店員は、見習い店員も含めて人間は全員茶色っぽい髪の毛で、背もみんな高い。

——不思議な鍵を、この硝子館の面々のうち、誰かがお客さんに渡した。

誰が一体、何のために？

それにどうして、あのお客さんは私に返すように頼んだのだろう？

「……桐生さん？　戻らないの？」

先ほど渡されて握りしめていたものを再度確認しようとした矢先、上から声が降って来る。見上げれば、そこには訝し気な表情の蒼井くんが立っていて。

「あ、うん、戻る戻る！」

私は慌てて頷き、内心混乱しつつ彼の後ろから店内に戻るのだった。

第四話・ダイヤモンドクオーツの正義

結局昨日、私は『鍵』を誰にも渡せなかった。硝子館の人たちに。

――アメトリンのお客さんに渡された、あの銀の鍵を。

お客さんが『青の箱』に触れた後に出てくる、『護り石』をその持ち手に抱いた金の鍵と、似ているようで形が違った鍵。

確か、いつもの金の鍵はピンシリンダー型の鍵で、『護り石』が嵌まっている部分を表にすると、鍵のギザギザの部分が右向きに出ていたはず。

だけど。昨日見た銀の鍵は、ちょうどその『真逆』で。

鍵のギザギザの部分は左向きで、色は銀色。その持ち手部分には、透き通ったライムグリーンの宝石が光を放っていた……ような気がする。

「……」

「人の記憶って本当にあてにならないな」なんてことを思いながら、私は無言でずるずると学校の机の上に突っ伏す。こうすると、机の表面の冷たさが、考えすぎて疲れた頭をちょうどよく冷やしてくれる気がする。

そうしてじっとすること、数分間。

「おはよーさん。桐生さん、生きてる？」

誰かがこちらに歩いてくる静かな音の後、窺うような声と共に、ぽこ、と頭のてっぺんへ誰かの拳がごく軽く乗った感覚があった。

――今の声は、まさか。

恐る恐る頭を上げてみれば、スクールカバンを肩にかけた蒼井くんがこちらを見下ろしていた。

「あ、うん生きてます、生きてます」

ぎこちなくカクカクと頷き、私は慌てて完全に起き上がる。なんと、もう蒼井くんが学校に来ているとは。

今は朝の七時五十分。部活にも入っていない、朝練もない生徒が来るにはまだ早すぎる時間だ。教室には朝練がある生徒たちのカバンがところどころ席の上に置いてあるのみで、生徒は他にいない。がらんとした教室の中で、私たちの声はやけによく響く気がした。

「いや、なんで敬語なの」

前の席の椅子を引き、カバンを机に置いて座りながら蒼井くんがはは っと笑う。我に返った私は、「ああうん、いやー、びっくりしたもんで……」などとしどろもどろに口ごもり、誤魔化すように頬をかいた。多分今の自分は、だいぶ引きつった顔をしている気がする。

……この状況は、どういうスタンスで会話するのが正解なんだろう。

学校だからこう、他人というか（いや実際他人だけど）そんないつもの距離感で話を続けるべきか、硝子館の時の距離感で話すべきか。

だけどそもそも、その『硝子館での距離感』ですらも、今の私は掴みあぐねている。

――『……だからあの、まずは友達になってくれないかなって……』

ぐるぐると考えるそばから脳内でこの前の蒼井くんの言葉を思い出してしまい、私は内心頭を抱えた。

何度考えても、やはり自分は友達と思われていなかったのだ、という事実が胸を焦がす。前にお互いがお互いの『護り石』の役目を果たしていたのだということが分かって以来、少し仲良くなれたのではなんて思っていたけれど。それは思い上がりだったのかも。

勝手に舞い上がって距離が縮まったのではなんて独りよがりに思って、蒼井くんを戸惑わせていたりしていたらどうしようだとか、そうしたマイナス思考が止まらない。

今の、この状況すらもはやいたたまれなさ過ぎる。

「びっくりしたって、何に？」

この状況から何とか抜け出せないものかとぐるぐる思案している私の前で、彼は心底不思議そうな顔で、私にとって至極鬼畜な質問を繰り出してきた。

……ああ。もういっそのことここから逃げ出したい……。

口を開けば開くほど、話そうとすればするほど墓穴を掘ってしまいそうな気しかしない。

むしろ話さなければ幻滅されることもないのでは、なんて思ってしまうけれど。

「……いやあ、この時間にもう人が来るとは思ってなくて。蒼井くん、今日早いんだね」

ここから逃げるのは不自然だし、こうして気を遣って話し掛けてくれているのに答えを返さないのは失礼だ。なけなしの私のコミュニケーション能力をフル活用して、この場を何とか凌《しの》がなければ。

「ああうん、今日はちょっと目が冴えちゃって」

「そうなの？　大丈夫、ちゃんと寝れてる？」

よしよし、こんな感じでさり気なく凌がなければ――

「うんまあ、ぼちぼち」

言葉少なに苦笑しながら、蒼井くんは頷いた。そして不思議そうな表情で「それにしても」と彼は続ける。

「桐生さんも今日は早いね？」

……しまった、なんだか怪しい方向に舵が切られてしまった。

「あー、ええと、私も目が冴えちゃって」

「あらま。大丈夫？　何か心配事？」

心配事は、確かにある。手を既に打ってはあるけれど、それが気になって上手く寝付けず妙に目が冴えてしまって。まんじりともせず埒があかなそうだったので、早めに学校に来てみたのだ。学校に行って人と話す方が、自分一人で悶々と考えるより気晴らしになると思ったのもある。

けれど、まさかその「話す人」第一号が蒼井くんになるとは。完全に予想外だ。

蒼井くんの学校での行動は、基本的に平均値だ。早くもなく遅くもない朝八時十五分くらいに学校に来て、私がいつも教室に着く八時二十分頃にはすっかりクラスメイトと歓談をしているイメージ。

——どうしてこんなに分刻みに把握しているかと言えば、それは蒼井くんと、割と毎朝メッセージのやり取りを交わしているからで。

彼の「おはよーさん」という一言（たまに他の台詞もついてくるけど）に始まり、私が「おはよう」の返信をして。彼が学校に着く頃に「あ、もう学校着くわお先」みたいなメッセージが来て、それに「うん、またあとでね」と私が返信をして大体終了。特に中身はない。ただの朝の挨拶と現状連絡、みたいなやり取りだ。

……そういえば、今日は早めに出てきていたたし、心配事で頭がいっぱい過ぎて、朝からスマホを見てなかった。

そろりとスカートのポケットに入れていたスマホを取り出して確認すると、いつも通り蒼井くんからは「おはよーさん」の挨拶が来ていて。

「っていうかごめん、メッセージ返信してなかった……！」

私は焦りながら蒼井くんに向かって両手を合わせる。無視していたわけでは決してないのだけれど、申し訳なさ過ぎる。

「……いや別に、それはいいんだけど」

そう言ったきり、蒼井くんは口をつぐんだ。誰もいない教室に、沈黙が気まずい。何かを言わなければと思いつつ、口下手な自分が何かを言って更にぎこちなくなったりするのも怖い。私が内心おろおろと逡巡していると、「あのさ」と蒼井くんが呟いた。

「うん？」

再び話し掛けられ、私は思わずその場に硬直する。今度は一体なんだろう。

「その……えっと」

なんだか妙に、彼の歯切れが悪い。

「どうしたの、なんかあった？」

恐る恐る声を掛けてみたものの、返って来たのは大きなため息と「やっぱなんでもない」という言葉で。しかもなぜか先ほどの私が取っていた姿勢同様に机に突っ伏し始めたし、絶対になんでもないわけがない。

……ええと、どうしたらいいんだろうこれ。

「えーと、あの」

言いかけた側から、教室の外から聞こえてくる朝のざわめきに私は口をつぐむ。話し声にうちのクラスの男子の声が交ざっているのが判った瞬間、私は思わずカバンの中から本を取り出し、教室のドアへ直行した。

「ごめん蒼井くん、ちょっと用事思い出したから行ってくるね！」

話が終わったんだか終わってないんだか不明の状態で、無言で立ち去るのも良くないなと、私はこそこそ声で言い切ってドアをがらりと開ける。後ろから「え？」という声が聞こえてきたけれど、今はそれに構うどころではなく。

「あれ、桐生さんだ。早いね」

「はよっす」

ちょうどクラスの男子が数名、教室の後ろ側のドアから入ろうとしていたところだったらしい。ギリギリセーフ、と私は内心で呟き、何食わぬ顔を心掛けて「うん、おはよ」と返事をする。

「図書室行くの？」「うん、これ返しに」「あっやべ、そういや俺返却期限過ぎてら」「お前早く本返せよ、督促状くるぞ」——そんな無難な会話を交わした後、無事に教室を後にできた私は、大きく深呼吸をして図書室へ向かう。

「き、緊張した……」

なにはともあれ、図書室から借りた本を持ってきていてよかった。思わず胸を撫で下ろし、私はまだ人気の少ない校舎内を突っ切って歩くのだった。

「更紗。お疲れ様です」

「……え、なんで？」

その日の放課後。学校が終わってマッハの速度で教科書を詰めたカバンをひっさげ、駅に向かおうとダッシュをかました私を校門前で待ち受けていたのは、一人の美貌の青年だった。

黒髪に青色の目、そして黒いパーカーにジーンズといった出で立ちの青年は、美しい微笑みをにっこりとこちらに返してくる。周りのざわめきや女子の羨望の眼差しもなんのその、堂々とそこに佇む姿は本当に堂に入って……。

「いやいやいや、ちょっと待って？」

私は慌てて彼の服の裾を引っ張り、通学路から少し外れた住宅街の通りへと走った。この状況、もの凄いデジャヴだ。

「あのね、ティレニア」

立ち止まって一息ついた私は、にこにこと笑みを絶やさない青年へ苦言を呈する。

「前も言った気がするんだけど、目立つんだって」

「おや、これでも目立ちます？　前より学生に見えるような、地味な恰好にしたつもりなのですが」

「いやうん、恰好の問題じゃなくて」

キョトンとした顔で首を傾げられ、私は思わず頭を抱える。そういえば前もこんなことがあったとき、「明らかに高校生に見えないから、目立って注目を浴びていたのだ」という解釈を彼はしていたのだった。なんというか、自分の人間姿の外見を客観的に把握できていないのも問題かもしれない。

「う、うん、まあいいや。それより今日って、駅で待ち合わせじゃなかったっけ？」

そもそも今日、私はティレニアから話を持ち掛けられ、個人的に鎌倉駅で待ち合わせをしていたはずなのに。まさかいつぞやのように、高校にまで来るとは。

「そのことなんですが、少し思うところがありまして。少々、予定変更を」

「思うところ？　……あ、ごめん。歩きながら話そっか。どっかに行くんだよね？」

「ええ、そうですね。ひとまず駅へ向かいましょう」

肩を並べ歩き始めたところで、「思うところというのはですね」とティレニアは穏やかに苦笑した。

「今日の悠斗、いつもと様子が違いませんでした？」

「蒼井くん？」

繰り返しながら、思わず自分の声と表情が微かに強張るのが分かる。しまったと思う間もなく、「どうかしましたか」とティレニアからすかさず追撃が来た。

自分のごまかし力の低さと、ティレニアの観察眼と勘の良さ。これは完全に相性が悪い。私は観念してのろのろ口を開く。

「あー、うん、なんだろう、こう、なんか」

「なんか？」

「話す時、妙によそよそしくなるというか。こう、距離が前より開いた気が」

前にも一度、蒼井くんから避けられた時はあった。あの時のような完全な拒絶ではないけれど、やんわりと距離を測ろうとされている感がひしひしとしてくるのだ。

「私、またなにかやらかしたかな」

「……」

不安になって呟いたそばから落ちる、しばしの沈黙。そろりと目を上げると、ティレニアは無言で謎ににっこりと微笑みながらこちらを見ていた。

「ええとティレニア、それは一体どういう表情で……？」

「温かい目のつもりですが？」

「なんで？」

「なんでもです」

さらりと涼しい顔に戻ったティレニアは、「まあ、それはそうと」と、パーカーのポケットからビロード素材の黒い小袋を取り出す。中から転がり出てきたのは、例の『銀の鍵』だ。

「この鍵、昨日少し調べてみましたよ」

「あ、ありがとう！　ごめんね、どうだった？」

そう。昨日、あのアメトリンのお客さんから『銀の鍵』を渡された後。私はそれを、硝子館で唯一「茶髪ではない店員」に託したのだ。

『更紗、どうかしましたか？』

昨日、お客さんから預かった銀の鍵を手に「これは一体どうしたものか」と考えている私の様子に、ティレニアはいち早く気づいて声を掛けてくれた。

『ええと、実はね』

私は歓談に花を咲かす隼人さん、蒼井くん、緋月くんを尻目に、ティレニアのもとに屈み込んで事情を説明した。お客さんから「茶髪で背が高い店員さんに返しておいてほしい」と言われたことも含めて、全部。

『こういう鍵、見たことある？』

『……いえ、初めて見ましたね』

　そう言うティレニアの声音と表情は、猫姿ながら真剣なものだと分かるほどで。彼からの「これ、僕が預かっても？」との短い申し出に、私は「勿論」と頷いて――昨日の夜、彼に『銀の鍵』を託したのだった。

「……ええまあ、少し分かったことがあるのですが」

　なんだか今日はティレニアも歯切れが悪い。歩きながらその言葉の続きを待っていると、彼はふと眉根を寄せて声を落とした。

「どうやらこの宝石自体はミントグリーンガーネットのようです。昨日鑑定してみたのですが、ブラックライトでピンク色にカラーチェンジしましたし、間違いないかと」

　ミントグリーンガーネット。グロッシュラーガーネットに属し、透き通ったミントやライムのような爽やかなグリーンの宝石の、その宝石言葉は。

「……確か、『実りの象徴』とか、『変わらぬ愛』、だっけ」

「おや、よくご存じで」

「昨日一応、それっぽい緑色の宝石片っ端から調べてみたから、たまたま」

　私は苦笑しながら頭をかく。

「でも鑑定はできないから、やっぱり凄いや。鑑定はティレニアが？」

「はい。隼人や悠斗のようにとまではいきませんが、僕も簡単なものであれば少しは」ティレニアはぐっと銀の鍵を握り込み、「ただ、問題がありまして」と続けた。

「問題？」

「はい。結構な大問題です。実は――」

目に真剣な光を湛え、ティレニアがその後語った言葉に、私は驚愕のあまり目を見開くのだった。


鎌倉駅から数駅のとある駅で降り、ファストフード店の窓際の席に座り。私はフロートドリンクとナゲットを手に、ソファー席に奥まで沈み込んだ。考え込み過ぎたせいか、頭の片隅が若干鈍く痛む。

因みに今、当初はここまで一緒に来るはずだったティレニアはいない。私があえて、席を外してくれるように頼んだからだ。

『万が一、何かが起こった時は必ず連絡を』

私に例の『銀の鍵』を渡し、そう念押ししてティレニアは律儀にも私の我儘《わがまま》に付き合ってくれた。いつも本当に申し訳ない。

心の中でティレニアに手を合わせ、さてどうしたもんかとスマホの画面と睨めっこを始めた、その時だった。

「いやー、でもやっぱりほんとに全然変わらないね、緋月くん」

「えっ、それどういう意味？　良い意味で？」

「もちろん、良い意味で」

　そんな会話が席を仕切る曇りガラスの向こうから聞こえてきて、私は思わずがばりとテーブルの上に突っ伏す。

……いやいやいや、何でこんなタイミングで⁉

　今の声は、間違いなく緋月くんと……それから、誰か知らない女子の声だ。

　思わずここは漫画の中かと突っ込みたくなるような素晴らしいエンカウント。隣の席は店の奥側で、今座っている席が手前だったから、奥も確認せずにそこに座ったけれど。まさかこんなことになるとは予想外だった。

　私は気配を殺して、ナゲットを口に放り込みつつ、ソフトクリームがトッピングされたメロンソーダをストローで啜る。が、懸命な努力も虚しく、聞きたくなくても隣席なのでその会話はどうしても聞こえてきてしまう。

　どうやら会話の流れ的に、緋月くんと相手の女子は、それなりに前からその席で会話を繰り広げていたらしく。女の子の方は「いつもありがとう」「あんまり話せる人いないからさ、凄くありがたくて」のような感謝の言葉を、しみじみと述べているのがところどころに聞こえてきた。

「いや、俺なんて全然大したことは」

「大したことめちゃくちゃあるよ。中学の時なんか、お陰で嫌がらせが一気になくなったし」

「はは、あれはたまたまでしょ」

「いや、たまたまじゃないよ。あの時から緋月くんの人気凄かったんだから！」

どうも話を要約すると、中学生当時、今緋月くんと話している女の子が同級生の女子から嫌がらせを受けていて――それを偶然知った緋月くんが「え、なにそれ怖……もう俺、女性不信になりそうだわ……」などと言って、本当にその日からしばらく、どの女子とも喋らなくなったのだとか。

そして彼にはなんと密かなファンたちがたくさん居たらしく、「これはまずい」と思った女子サイドで互いに牽制《けんせい》し合う動きが起こり。そうして女子同士の嫌がらせは、学年間から淘汰《とうた》されたのだとか。

……緋月くんの影響力凄いな、怖すぎる。本当にそんな話がこの世にあるんだ。

いや密かなファンが居るのは誰かさんも一緒か、意外とよくあるのかもしれない。事実は小説より奇なり。

「いやー、そんな大層な話じゃないっしょ。まあそんな凄いことはできないけど、これからも何かあったら気軽に言ってよ。いつでも聞くからさ」

「う、うん！　本当にありがとう」

どうやら話は佳境に入りそうだ。私は半分ほどに減ったソーダとアイスクリームをぼんやりかき混ぜながら、必死に気配を殺そうとし。

予想通り隣の席から二人が立つのが見えて（やっぱり片方は緋月くんだった）、その背中が遠ざかって行く気配を確認してからその背中を見送り、そしてスマホの画面に目を戻し、オンにしようとしたところで。

「や、お待たせ」

声と共に、テーブルに人の影が落ちてきて——私は思わず「なっ⁉」と短く声を上げ、スマホを膝の上に取り落としかけた。

「いやー、さっきはびっくりしたよ。席立とうとしたら、隣に見覚えある人が居るんだもん」

朗らかに「あ、ここいい？」と、制服姿の緋月くんが目の前の席を指さす。私は言葉を失ったまま「あ、どうぞ」とぼんやり頷き、呆然としたまま彼がそこに座るのを見守った。

「あー……ええと」とりあえず、この場をどうしようか。「ナゲット食べる？」

「マジ？　いいの？」ラッキー、と軽く破顔し、彼は「そしたらちょっと喉渇いたから、飲み物買ってくるわ」と、学生鞄とスマホをその場に置いて踵を返した。

一体なんだろうか、この状況。混乱している間に、緋月くんはあっさりコーラとポテトを持って戻って来た。

「ポテト、良かったら一緒に食う？　ナゲット貰っちゃうし」

「あ、うん、ありがとう……？」

「いやなんで疑問形。好きに食べていいよ、俺も食うから」

爽やかに笑いながら席に着く彼を見つつ、気遣いとコミュ強の権化はこういう形をしているのか、とぼんやり思いかけ——私は思わず浮かんだ雑念を振り払うべく、頭を振る。

「あの、緋月くん、さっきの人……」

「ああ、あの子？　中学の同級生だよ」

ナゲットをつまみながら、あっけらかんと緋月くんは言った。「中学までは共学だったから」

「あ、そうだったんだ？　今は男子校だよね、確か」

「うん。……共学だと、色々立ち回りがね」

「……立ち回り？」

何のことだと首を捻っていると、今度はポテトでひょいと空中を指し示すそぶりを見せながら、緋月くんが口を開いた。

「惚れた腫れただの、誰と付き合うだの別れるだの、動きが更に積極的になるでしょ、高校生って。そういうのもう、考えるのがめんどくさくて」

「……」私は一瞬呆気に取られたのち、その台詞の意図せんとするところを考える。

「あ、凄い今、どういう意味だって考える顔してる」私が次の言葉を返すよりも先に、それを先回りした緋月くんが軽く笑い、「ま、つまりさ」とテーブルの上に頬杖をついた。

「角の立たない生き方がしたいってこと。好きって言われて付き合っても、それがいつまで持つかは誰にも分からないでしょ。その過程のすったもんだとか、そもそもその前の告白される時点でもうしんどい。だって絶対にその途中で、誰かが傷つく過程がくるし。俺はそれの起因になりたくないし、巻き込まれもしたくない」

──なるほど。詳細に教えてくれたおかげで、やっと私にも意味が解る。

ずっと、「モテるのって凄いなあ」と思っていたけれど。それもそれで、大変なのかもしれないと。

だって好意を向けられても、それを自分が同じ熱量で返せるとは限らない。冷たいとかそういうことじゃなく、その気持ちにどう応えるか自体も個人の気持ち次第で。好意を向けてくれる人間が複数いればいるほど、例えば彼氏彼女として「付き合う」のがゴールと仮定すると、誰かの好意は断らなくてはいけないし、全員を受け入れることはできないし、その裏や過程で確実に『誰か』は傷ついてしまう。きっとそういうことなのではないか、と私は解釈した。

そして、はたと気付く。

人の心を救う、宝石魔法師。勿論彼らは人の心を救う仕事をしていることもあるし、人がこれ以上傷つくことのないように、きっと常に心を配っているはずで。

でもそれって、凄く大変なことなのではないか。だってこうした個人の気持ちのやり取りが発生する時点で、日々を生活する時点で、人が傷つく契機になることは、どこにでも転がっているのだから。

「ごめん、私が飲み込み悪いせいで説明させちゃって。お陰で何となく、分かったような気がする」

「おお、そりゃよかった」

「うん。——緋月くんが人を傷つけたくないっていうのがよく分かった。人の気持ちを受け取るのも、大変な時ってあるもんね」

私は頷き、先ほど彼から分けてもらったポテトをつまむ。咀嚼《そしゃく》してソーダを飲み、顔を上げると、緋月くんは目を丸くしてこちらを見ていた。

「ん、どうしたの？」

「……いや、そういう返しをされるとは思ってなくて」

目を瞬かせながらぽつりと零《こぼ》すその表情から、視線を顔の外へと辿り——私ははたとそこで気付いた。

いつか見た、彼が耳に着けている白黒マーブルの飾りがついたイヤーカフ。前は少し遠い距離から見ただけだったから分からなかったけれど、今よく見るとそれは、例の『石』が陰に侵食されたアクセサリーにも見える。

──あれ、これってもしかして。

「……うん。やっぱり俺の見立て、正しかったかも」

「はい？」

「サラちゃんさ、悠斗たちの店じゃなくて、うちの店で一緒に働いてくれない？」

「……ん？」

彼のイヤーカフを観察するのに夢中になっていた私は、彼の言葉に反応するのがだいぶ遅れてしまった。

「え、何て？」

「うちの家業手伝ってよって言った。あ、家業ってあれね、うちは『赤の宝石魔法師』。やってることは悠斗たちと同じだよ」

「……え、これってどういう文脈？」

さっきまで緋月くんの学校生活の話をしていたところに、なぜ急に話がそうなるのか。よく状況が飲み込めない私の前で、緋月くんは「やー、だってさ」とのんびりコーラを啜って肩を竦めた。

「サラちゃんってさ、茶化したりとか、否定語とかマイナスなこととかあんまり言わないでしょ」

「……？　そうかな？」

「そうだよ。例えばさっきの俺の話なんて、聞いた奴は大抵、『モテ自慢か』とか『いっぺん地獄に落ちろ』とか言うよ。だからさっきまともに返してくれてびっくりした」

うん、それは多分、似たような人を良く知っているからだと思う。

なんだかんだ違ったタイプなようでいて、二人はやっぱり、似ているところがあるような。

「まあ、とにかくそういう受け答え一つ取っても、サラちゃんみたいな聞く姿勢って大事なわけ。てなわけで、俺ん家の家業どう？　由比《ゆい》ガ浜《はま》の方だから近いし、なんなら時給とかさ、条件今よりも引き上げてもいいよ」

「いえあの、どうと言われましても」

彼の意図が全く読めない。何と言えば良いのか必死に考えつつ、私はコップを握りしめた。

「そもそもそれ、そっちにメリット全く無くない？　私が居たところで」

「え？　めちゃくちゃあるよ」

「いや、私ただの店員と調理要員だし……」

「それは嘘《うそ》だね。サラちゃん、『心の宝石』見えるでしょ？　隼人さんたちは誤魔化したかったみたいだけど、観察させてもらって分かったよ」

「ご、誤魔化したかった？」

「あれ、本当に知らないんだ？」

私が『心の宝石』が見えることを、隼人さんたちが誤魔化したかった？

どういうことだ、と私は混乱する頭で考える。そして気付いた。

そういえば、緋月くんが来てからここ最近ずっと、『心の宝石』として浮き出てくるアクセサリーについての説明は、隼人さんが真っ先にやってくれていた。だから私は一度も、説明したことはなくて。

ティレニアからアメトリンのお客さんの『心の宝石』について聞かれた時も、「メモに書いてくれ」と言われて、全部筆談で対応したっけ。

「凄い、一度もサラちゃんに心の宝石のこと言わせないようにしてたもんね。でも残念、目の動き見てて分かったよ。この子、きっと見えてるなって」

『誤魔化したかった』ってことは、知られてはならないことだったのだろうか。私が、『心の宝石を直接見ることが出来る人間だ』ということは。

「ま、宝石魔法師の一族でもない部外者に能力者が現れるってまずいからね、言いたがらないのは分かるよ。それって、そいつと関わった宝石魔法師の誰かが暴走したってことだから」

「……何の話？」

私は努めて平静を装って言葉を返した。内心動揺している私とは対極的に、余裕のある笑みを浮かべた緋月くんはマイペースにポテトを食べ進めている。その差が、逆に私の中の焦りを募らせた。

「まだ未熟だったりする宝石魔法師が、たまーに起こしちゃうらしいんだよね。自分の能力を上手くコントロールできなくて、無自覚にその時関わった人間に魔力付与しちゃう案件。もちろん宝石魔法師ったって人間だからさ、ある程度は見逃してもらえるけど。大体が、四回目とかになったらもうアウト」

その話の内容に聞き覚えのあるものを感じて、私は思わず背筋を凍らせた。

いつか、隼人さんが言っていたのだ。そう、あれは確か、蒼井くんが以前、私を避け始めたころのこと。蒼井くんがしばらく硝子館に姿を見せなくなった、あの時のことだ。

『そろそろなんとかしないとまずくてね』と苦笑した隼人さんの姿を、私は思い出す。

宝石魔法師の鉄則。それを、蒼井くんはあの時何度か破っているのだと、彼は言っていた。

『悠斗はここ一か月ほどで二つ目の鉄則を何度か破ってる。それも多分、無自覚にね。それだけに、このままだと力を暴走させる可能性がある』とも。

そういえばあの時、隼人さんは珍しく蒼井くんを『悠斗』呼びしていた。それはきっと、彼がそれだけ真剣だったことを表していたんじゃないだろうか。

——なぜならば。

「三回ペナルティが溜まってまた問題起こしたら、その時点で魔法師協会から宝石魔法師の権利、剥奪《はくだつ》されっからね。『仏の顔も三度まで』って言うっしょ？」

「……え？」

思わず目を丸くして硬直する私に向かい、緋月くんが苦笑を零す。

「ほんと、嘘つけないタイプだよね。全部顔に出てるよ」

「いや違くて、初めて聞く話だったから。ま、魔法師協会なんてあるんだ？」

できるだけ平静に、考える時間と材料と情報を揃えなければ。私はしれっとさり気なく見えますようにと願いながら、緋月くんへと質問を投げかける。

「あれ、知らなかった？　さっきも言ったけど宝石魔法師だって人間だから、全てにおいて完璧ってわけにはいかない。それだけに、取り締まりや指導する役がいないと秩序が保てない。だから魔法師協会は、その役を担ってるってわけ」

初めて聞く話だ。私は混乱しつつも、今貰った情報を糧に懸命に思考を巡らせた。

宝石魔法師の規律を守る、魔法師協会。もしも宝石の魔法を間違えて使ったりしてしまえば、四回目の時点で宝石魔法師の権利が剥奪されてしまうのだという。

回らない頭で、私は必死に記憶を探る。蒼井くんが「無意識に」魔法を使ったのは、何回だったのだろうかと。

恐らく今の話から、私に心の宝石が見えるようになったこと自体がそれにあたるのだろう。だとすると、それが一回。

それとおそらく、昔、クラスメイトの明美の案件があった時。

『おかしいと思わなかったかい？　そんなに都合よく、牧田さんのトラウマを呼び起こすような人物と遭遇するなんて』。あの時、蒼井くんの鉄則破りの話をしていた時、隼人さんはそれに触れていた。だから、これが二回目。

そしてあの時、あの何日か前。隼人さんが何か引っかかるような物言いをしていた時があった。今思えば、あれがそうだったのかもしれない。

『いやね、すごい偶然だなって思ってさ。班ってどうやって決まったの？』

校外学習の班決めで、明美と私、蒼井くんがくじ引きで同じ班になったことがあった。その時、隼人さんは『不思議だねえ』『なるほど』と何回か言っていたような気がする。

思えばくじ引きで、あんなにタイムリーに、宝石魔法師のメンテナンスの関係者が揃う訳がない。

——だとすれば、もう蒼井くんにとってのペナルティは三回目の上限ギリギリまで、溜まってしまっているということになるんじゃないだろうか。

しかも、全部私が関わってしまっていることだ。

「……」

コップを持つ手にじんわりと冷や汗が滲んでくる。「どうしよう」という思いが、ぐるぐると煮えたぎったスープのように、体中に充満してきた。

「……サラちゃん？　大丈夫？」

ひょいと気づかわしげに顔を覗き込まれ、反射的に息が詰まる。

「だ、大丈夫、大丈夫」

私は慌てて笑みを浮かべる。それよりも、この場をどうにかしなければ。蒼井くんたちの足手まといにはなりたくない。

「教えてくれてありがとう。でも、緋月くんの勘違いだと思うな」

「勘違い？　何が？」

「そもそも私、『心の宝石』なんて見えないもん。……それより私も、緋月くんに聞きたいことがあるんだけど」

そもそもは、『これ』を話すために私はここまで来たのだ。上手くいけば、注意を逸らすことができないだろうか。私は内心祈りつつ、深呼吸を一つする。

「……聞きたいこと？」

訝し気に若干低くなる緋月くんの返しに頷き、私はカバンの中からビロードの小袋を取り出した。そっと袋の口を開くと、手のひらに、ミントグリーンの爽やかなきらめきを湛えた宝石を抱く、銀の鍵が転がり出てくる。

「これ、この前のお客さんに渡したの、緋月くんだよね？」

ミントグリーンガーネットの、銀色の鍵。さっきティレニアから、「結構な大問題」と言われた鍵。

その「大問題」は、本当に文字通り大きな問題だった。正直、隼人さんでも蒼井くんでも緋月くんでも、それに関わっていると思いたくはなかったけれど。

「あ、やっと気付いた？」

思ったより遅かったねと、緋月くんがいつもと変わらない調子で微笑んだ。それを見て、思わずひゅっと息が詰まる。

「……なんで？」

「なんではこっちの台詞かな。どうして、俺だって分かったの？」

どこか興味深げに問われる声が、くぐもって聞こえてくる気がする。私は再び鈍く痛み始めた頭を抱えて、もう一度大きく深呼吸した。

「……まず、どうしてあのお客さんは、私に鍵を渡したんだろうって不思議に思って」

この銀の鍵を渡してきたのは、『確か茶髪で背が高い人だったと思う』と、アメトリンのお客さんは言っていた。『だったと思う』は、記憶が不確かな時に使う言葉。そして実際不確かだったからこそ、私に鍵を渡してきたのだ。

　私なら、店員同士で気軽に会話のやり取りが出来て、鍵の持ち主もすぐに特定できると思ったのだろう。もし確信も持てないのに「先日はありがとうございました」などと言って、手ずから間違えた人にモノを返してしまったりとかは普通は避けたい。

　そして、あのお客さんと一番長く（というかずっと）やり取りしていた蒼井くんが仮にこの鍵を渡したのだとしたら、お客様は真っ先に彼に鍵を返したはずで。ということは、自然と候補は、お客様との対面時間が短かった隼人さんと緋月くんに絞られる。

「……なるほど、でもその先は？　『隼人さんじゃなかったらいいな』とか、希望的観測かな？」

　私の考えを述べると、緋月くんは否定もせずにその先を促した。重たい心のまま、私は彼の言葉に首を横に振る。

「もちろん隼人さんがこれを使ったとは思いたくないのは本音だけど、緋月くんじゃなきゃいいなとも思ったよ。希望的観測でもなんでもない、ただ単純な事実があったってだけ」

　私はのろのろと顔を上げ、少しだけなぜか目を丸くしている彼に、スマホにＳＮＳの画面を表示して差し出して見せた。

「この前の、このメッセージ」

『重い荷物と、本人確認が必要な場所ってどこだと思う？』

この前の、お客様が硝子館に来た後に向かったと思われる場所。それについて推測ができるよ、と教えてくれたのは、実は目の前の彼だった。

「ん？　明らかに答えは新古書店でしょ、これがなんで？」

「……ううん。確かにお客さんが行くのなら、新古書店しかなかったんだけど。あの新古書店、調べてみたら本とか漫画以外にも買い取り受付してるんだよね」

なのに。

「どうしてあの時点で、緋月くんは新古書店に本を売りに行ったんだって言い切れたのかなって。だって、洋服とかカバンだったりする可能性だって、あったでしょう？」

私は息を深く吸い込んで、続けた。

「もしかして、あの人が向かった場所に行って、この鍵をその場で渡したから……だから緋月くんは正解を最初から知ってたんじゃないかって、思ったの」

もしもこの説が外れていたら、ひどい言いがかりかもしれない。もうこの際、外れていた方が、「俺じゃないよ」と言ってくれた方がほっとする。でも、そうしたら隼人さんが、──この鍵を使っていたということになってしまう。いやでも、第三者って線もあるし──そんなことをひたすら、ぐるぐると思っていた矢先。目の前の男の子は、「なるほどね」と言ってこくりと頷いた。

「うん、正解」

そう言いながら、彼は指をパチンと鳴らして見せる。

「そ、犯人は俺」

淡々と言うその表情は、どこか諦めたような、無気力な笑みに変わっていた。

——ああ、本当に緋月くんが、これを。

私は呆然と、目の前の男の子を見つめながら、やっとのことで口を開いた。

「……なんで、この鍵をお客さんに渡したの？」

掠れ声でそう問いかける。「結構な大問題です」と言っていた、ティレニアの表情と、彼と交わした会話を思い返しながら。

『少し調べてみたのですが……どうやらこの鍵、いつも「護り石」を嵌めて渡すあの金の鍵と逆の作用をするようで』

『逆……？　どういうこと？』

『単純に言うと、鍵の持ち手に嵌められた宝石言葉の効果を逆にできる鍵、ということです。今はどうやらその効力が封印されているようですが、効力があるとだいぶまずいものになる可能性が。この鍵から感じる魔力の匂いから予測するしかないので、僕の推論ですが』

宝石言葉が、対極の、逆のものになる鍵。

「緋月くん、教えてほしい。……この鍵って、一体何？」

どうか、ティレニアの見立てと違うことを言ってほしい。この鍵が、そんな大それたシロモノでないと言ってほしいと、私は痛いほど祈る気持ちでそう思った。

だって、ミントグリーンガーネットの宝石言葉は、『実りの象徴』や『変わらぬ愛』だ。それを逆の効果にすると――

「やることなすこと、全部『実らなくなる』し、他の人間から愛されることが難しくなる――そういう、嵌めた宝石が持つ、宝石言葉の逆になる力を持った鍵だよ。……ほらこの鍵、いつもの『護り石』を嵌めた金の鍵と、ちょうど鏡に映すと対称になる形してるっしょ？」

「……！」

喉に空気がつかえるような心地がした。言葉がすぐに、出てこない。

「……俺さ、家業があれだから。傷ついた人は、今まで随分たくさん見てきたけど」

その長い睫毛を伏せ、緋月くんがぐるぐるとコップのコーラをストローでかき回す。カラカラと氷がガラスにぶつかり、パキ、とひび割れた氷の中に液体が入り込んだ時のような音がする。

「みんな、真面目で優しい人ばっかりなんだよね。店に来るお客さん」

ストローを動かしていた手を止め、彼はコーラを一口飲んで息を吐いた。

「ほんと、なんでだろうね。そういう人ばっかり、割を食う。どれだけ善良に、優しく生きてたって神様は救ってくれないし、逆にその優しさに、ずるくて意地汚い奴がつけ込んできたり、『こいつは御しやすい』って周りから見做されて理不尽な目にあったりする。……だから俺、そういう人たちの対抗手段を作って、示せるようにしたかった。こういう手もあるんだよって、少しでも心の逃げ道を作れる手段」

「……対抗、手段？」

口の中がカラカラだ。だけどここで引いたら、駄目な気がする。私は必死に、緋月くんの言葉を聞き逃すまいと耳と神経を集中させた。

「そう。全部全部、生温《なまぬる》いんだよ。宝石魔法師がやってることはさ」

緋月くんがその整った口角を片方僅かに上げて、どこか切なげな笑みを見せた。

「なんで傷つけられた側が、いつも自分から動かなきゃならないんだろうって、思ってさ。傷つけた側とかその原因を作った奴は、のうのうといつも通り大きな顔で生きてるのに、おかしくね？」

言葉を切って、彼はこちらをじっと見る。

「目には目を、歯には歯を。やられた分を正しく、やった側に跳ね返す。復讐じゃない、言ってみれば呪い返しさ。――かけられた呪いを、かけた側に返す。俺が作ったのは、それが出来る鍵。こいつを、その原因である傷つけてきた側の人間に持たせんの」

「ちょ、ちょっと待って」

言わなければならないことは、きっとたくさんあるけれど。

「今、何て？　……緋月くんが、この鍵作ったの？」

さらりととんでもない新情報が挟まれていたのに気づき、私は慌てて彼の言葉を止める。

対する緋月くんは、「そうだよ」と苦笑してこっくり頷いた。

「俺が自分で作って、この前のお客さんに渡した。これをあなたの悩みの原因の人物に渡す——こういう手段も、ありますよって」

彼の言うことを噛み砕き、私はハッと息を呑む。

「あのアメトリンのお客さんを、『ナニモノにもなれない』って呪いで縛っていたお母さんに、この鍵を渡すってこと……？」

「そう。渡すなり、カバンの底に潜ませるなり、何らかの形で店のお客さんがその鍵を渡せば、本来なら効果が現れるってわけ。ま、今は念のため効力封印してあるけどね」

それは、つまり。あのお客さんのお母さんを、やることなすこと『すべて実らない』状態に、『ナニモノにもなれない』と抑えつけられていたお客さんと同じ立場にするということで。

「俺のこと、ヤバい奴だって思った？」

正面から、緋月くんが私にそう問いかけてくる。いつもと変わらない人好きのする笑顔の彼を見上げてじっと見てみると、彼は少し真顔になり、腕と上半身をわずかに後ろに引いた。

どことなく、揺れているその目と雰囲気を見て——私はゆっくりと首を横に振る。

「……ううん、そうじゃなくて、新情報が多すぎて。今頑張って整理してるからちょっと待って」

「……ほんと真面目だなあ」

ははは、と緋月くんが軽く笑う声が聞こえる。私はそっと彼をまた盗み見て、どう言葉をかけるべきかと考えた。

彼の考えには、確かに頷ける部分がたくさんある。優しい人ばかりが割を食うことも、傷つくことも、ここが理不尽な世界であることも。

きっと緋月くんは、嫌になるほど、こうした手段を考えるほど、ずっとずっと『傷ついている人』を見てきて——

「……やっぱり俺、サラちゃんにうちの店に来てほしい。そうしたらこの先も、何とかやって行ける気がする」

思考に耽っていた私の頭に、緋月くんの呟きがぽつりと存在感を持って割り込んでくる。

「わ、私……？」

そういえば、その話の途中なのだった。数分前のことだというのに、ずいぶん遠くに感じられる。

「あの、でも私できることがなにも」

「……もし仮に力がなくても、そこに居るだけで、隣に居るだけで、それ自体が力になってくれることとってあるんだよ」

私は思わず、喉に声を詰まらせる。緋月くんの声色と表情が、いつになく切実なものだったからだ。

「……サラちゃんなら、俺の話最後まで聞いてくれるって思ってたから、この話もサラちゃんにしかしてない。家族にも、悠斗たちにもしてない。ごめんね急に、変な話して。べらべら色々、話し過ぎた」

苦笑しながら、緋月くんが立ち上がる。あまりに颯爽とした動きだったので、絶賛戸惑っている最中だった私は完全に反応がワンテンポ遅くなった。

「え、ちょ、ちょっと待って」

「サラちゃんはゆっくりしてて。ごめん、俺ちょっと頭冷やしてくる」

人好きのする笑顔が返ってきたけれど、その声色ははっきり「一人になりたい」と告げていて。それ以上、どかどかと踏み込むことはできなそうで。

「ごめんね、また明日」という言葉に、「……分かった、また明日」と、私は手を挙げて応えることしかできなかった。

——色々と衝撃で、頭が回らない。

そしてさっきの、どこか切実な緋月くんの顔と声が、記憶にこびりついて離れない。

それに。私は先ほど彼を観察して、気付いたことを思い返す。そして「しまった」と頭を抱えた。

「緋月くんの学校の校則、聞くの忘れた……」

「あそこは私立ですが、校則は緩いはずですよ。進学校ですし」

「へっ!?」

ひょっこりと上から覗き込んでくる人影に、私は思わず声を上げて後ずさる。

「お疲れ様です、更紗」

そこでひらりと手を振っていたのは、先ほど「万が一、何かが起こった時は必ず連絡を」と言いながら別行動していたはずの、青年姿のティレニアだった。

「ティレニア、いつからいたの？」

ファストフード店のドアから外へ出つつ私が問うと、ティレニアはそのすらりとした手を顎にあて、「ふむ」と思い返すように空中を見上げた。

「確か『ナゲット食べる？』あたりからですかね」

「ええ、もうガッツリ最初からいるじゃん……」

私は力なく突っ込みつつ肩を落とす。ということは、先ほどの緋月くんとの会話はすべて聞かれていたということで。

「他の人間、もとい対象の人間から姿を見えなくするくらい、朝飯前です」

なんだか凄く既視感のある言葉を述べつつ、ティレニアが得意げにニヤリと笑う。

「『何かが起こった時は連絡を』っていうのは」

「ああ、それは、危なくなったら割って入ろうと思ってたもので」

「さ、左様ですか……すみませんいつも、迷惑をおかけして」

「いえいえ、とんでもない」

どうやら最初から別行動する気はなかったらしい。そうならそうと先に言ってほしい、心臓が持たないから。

「でも、やっぱり更紗に張り付いていて正解でした」

「え？」

手に滲んだ汗をぬぐう私をひょっこり横から覗き込みつつ、ティレニアは眉を寄せて困ったように笑った。

「仮に僕が本当に別行動していたとして、この後更紗はどうしていました？」

「ど、どうって……」

私はしばし想像すべく考え込む。まずはティレニアと合流して、それから先ほどまでしていた話を――

「……」

「ほら、また一人で背負い込む気でしたね」

じろりと背の高い青年からの視線が降ってきて、私は思わず亀のように首を縮こめた。

「いや背負い込む気というより、その」

――サラちゃんなら、俺の話最後まで聞いてくれるって思ってたから、この話もサラちゃんにしかしてない。家族にも、悠斗たちにもしてない。

どこか切実な声音の彼の言葉を、軽々と人に話していい訳がなくて。

「……本当に更紗はチョロいですよね、心配になりますよ」

「ちょ、チョロ……!?」

いきなりなんだと目を剥く私の前で、ティレニアが「少し寄り道しましょう」と、すぐそこの小さな公園を指さす。

「作戦会議を開きます。更紗、スマホをお借りしても？」

「さ、作戦会議……？」

すたすたと公園の片隅のベンチに歩み寄ったティレニアは、腰を落ち着けるなり私のスマホで電話のアプリを開いた。

『はいはーい、お疲れ様。更紗さんかな、ティレニアかな？』

「両方です。スピーカーにしますね」

「あれ、隼人さん？」

ティレニアがかけた電話の相手の声が、スピーカーの声で拡大される。

『やあ更紗さん、ごめんねここ数日。色々と訳分かんなかったでしょ。いやー、何せユウくんが色々うるさくてね』

「あ、あの、今蒼井くんは」

色々うるさいとは、何の話なのだろうか。少しそれが気になりつつも、私は慌てて隼人さんに蒼井くんの所在を確認する。

『ユウくん？　なんか今日妙に落ち込んでるみたいでさ、無言でキッチンに行ったよ、さっき。たぶん甘いモノでも食べてると思うけど、呼ぶ？』

「いえいえいえ、あのぜひそのままで！　呼ばなくて大丈夫です！」

蒼井くんって、落ち込むと甘いモノ食べるのか。想像するとなんだかほんわかするけれど、今はそれどころではなく。

あまり大勢に緋月くんの話を広めるわけにもいかないし、蒼井くんは緋月くんと元々仲が良かったのだ、思うところがあるかもしれない。それに今、電話口の向こうで蒼井くんの声が聞こえようものなら、私自身が挙動不審になる予感しかしなかった。

『お、りょーかい。どうしたの？』

「それがですね」

私が口を開くより早く、ティレニアが電話口の向こう側の隼人さんへ向かって、先ほど私と緋月くんが交わした会話について報告を始めた。どうやら「ナゲットの話のあたりからいた」というのは嘘ではなかったらしく、全ての流れを正確にティレニアは伝えていく。凄い記憶力だ。

『ほほう、なるほどねえ』

全部聞き終わった後の隼人さんの第一の反応はそれで、予想のはるか斜め上の、のんびりとした口調だった。焦るところがまるでない。

『いやー、「裏の鍵」ね。凄いなあ、そんなもの作れるんだ。新しい魔道具作れる宝石魔法師って滅多にいないんだよ、素晴らしい才能だ』

本気で感心しているような声で、そんなことまで言い始める。

「感心してる場合ですか」

流石のティレニアも「全く隼人は」と、呆れ顔で肩を竦める。

「いま、彼の身柄はこちら預かりです。何かトラブルがあったらこちらの責任になるんですよ」

『ははは、だいじょーぶだいじょーぶ』

全然大丈夫じゃなさそうなのに、隼人さんの声色も調子も何も変わらない。

「え、というかトラブルってひょっとしてあの、お店自体にもペナルティとかあったりするんですか……？」

では、私がこの店に来てから、私はいくつトラブルの種を蒔《ま》いてきてしまったのだろう。私自身が、トラブルの種になっていたとしたら、私は……。

『ああ、ペナルティの件ね。まあ仮にトラブルが起きた場合は受けることもあるけど、その程度と解決度にもよるよ。今回もまた無問題』

そんなことをのほほんと言いながら、隼人さんは『それにね』と言葉を続けた。

『更紗さんが気にすることじゃないから、今までペナルティの件は話してなかったんだけど……基本的にほとんど問題ないから心配しなくていいよ。――それに』

隼人さんの声が、ささやかにどこか低くなる。

『物事ってのはね、大体が一つの要因のせいだけで起こるわけじゃないんだ。そこに至るまでの過程ひっくるめて起こるものだから、自分一人だけで抱え込む必要はないんだよ』

「え……」

『ま、要するにだね。更紗さんには今後もぜひ、ここに居てほしいなあってこと。ペナルティとか何やらは本当に気にしないで。……もし仮に誰かが何かを起こしたとしても、それはその誰か自身が自分の意志でやったことで、更紗さんがそこまで責任感じて面倒見る必要はないんだよ』

「ごめん、主語がでかくて分かりにくいかな」なんて言いながら、のほほんと電話口の向こうから隼人さんが微笑む気配がした。

「……いえ、ありがとうございます。凄く心強くて、ありがたいです」

——隼人さんは、本当に凄い。私が不安に思っていることを、吹き飛ばす言葉をいつもくれる。

「僕も同じ気持ちですね。個人的な希望もありますが、何より、更紗が居なくなると仮定すると色々厄介なことになりそうで……いやむしろそっちの方が問題が起きる気が……」

『ティレニア、それ以上言うと後でユウくんから叱られるよ』

何やら眉根を寄せてぶつぶつと言い始めたティレニアを、隼人さんが諭す。いつもは逆なので、珍しい光景だ。

それにしても、どうして蒼井くんが怒る事態になるんだろう——そう思ったところで、一抹の不安が私の中にぶり返した。

……そういえば、蒼井くんとぎこちない状態のままなのだった。

実際問題、蒼井くん自身はどうなのだろう。私が、このまま硝子館に居ることについて。

私と隼人さんは、能力が被っていて、仮に私がいなくても店は全然余裕で回る。というか、今まではそうやって回って来たはず。

そんな中で、異質な存在である私が居て、それも関係がぎくしゃくしていたら凄く気まずいだろう。

『ま、ユウくんは絶賛拗《こじ》らせ中だから。悪いね、いつも迷惑かけて』

「隼人、それこそ悠斗に怒られますよ今の」

「い、いえいえ、迷惑なんてそんな！　むしろ迷惑かけてるのは、いつも私の方で……」

慌てて私が手を振ると、電話口から『そんなことないよ、いつも助けられてる』と隼人さんの声がした。

『例えば今日だってそう。——更紗さん、彼の耳には何が見えた？』

す、と少し真剣な色味が隼人さんの声に乗る。私はその言葉に緋月くんを観察していた時のことを思い出し——「やっぱり、そうか」と心の中で呟いた。

私に見えるものは、隼人さんにも見える。

「イヤーカフが、見えました。半分白っぽくて透明な石に、黒のマーブル模様があって……たぶん、あれって」

『そう、御名答』

電話口から隼人さんの明るい声が弾けた。

「なんと。だから先ほど、校則のことを気にしていたんですね」

「うん」

　ははあと唸るティレニア、頷く私。

『因みになんだけど、その石ってどういう形してたか覚えてる？』

「ええと、なんかこう……全体的に直線的で、カクカクしていた気が。削り出したばっかりの鉱石みたいな感じですかね……？　記憶力、ちょっと自信ないんですけど」

『おおお、素晴らしい！　正にその通り！』

　躊躇いがちに答えた矢先から前のめりな隼人さんの声がして、私は思わず仰け反った。

『結論から言うとね、それ、ダイヤモンドクオーツなんだ』

　あっけらかんとそう言った隼人さんは、『てなわけで』とこちらの言葉も待たずに先を続ける。

『更紗さん、申し訳ないんだけど明日、史也くんとどこかの喫茶店で話をしてやってくれないかな』

　――彼の話を、聞いてあげて欲しいんだ。

　隼人さんの声に、私はゆっくりと頷く。どのみち、彼とは先ほどあんな別れ方をしてしまったし、何かを言わなければと思っていた。

「……私でよければ、お役に立てるように頑張ります」

『それは違うよ、更紗さん。君にだから、お願いできるんだ。……いつも本当に、ありがとう』

それはこちらの台詞だと思いながら、私はしみじみと「こちらこそです」と返した。

『因みにユウくんは留守番ね。誰かが硝子館に残らなきゃいけないし』

「分かりました」

私はこくりと頷く。今回ばかりは、それはとてもありがたい。

蒼井くんにその場に居られたら、私が平常心で居られる気がしない。人と向き合う時に、不安因子は取り除くべきだ。

『ま、ティレニアも隠れてついていくから安心して』

「もちろんです。大船に乗った気分でドンと構えていてください」

それはとても、頼もしい。私は胸を張ったティレニアを感謝の眼差しで見つめた。

そうしてその、翌日のこと。

鎌倉駅から小町通りに足を踏み入れたすぐそこにある、赤い鳥居のモニュメントのほど近く。赤い雨避けにクリーム色と煉瓦模様の壁というレトロな佇まいに、こげ茶の愛らしいフォントで壁に掲げられた店名。

鎌倉の老舗喫茶店の「イワタコーヒー」の前で、隼人さんからの依頼通り、私は緋月くんと待ち合わせしていた。

店の前には美味しそうなサンプルウィンドーがあって、パフェや爽やかなドリンク、サンドイッチやトーストなどのメニューのサンプルがずらり。見ているだけ唾が湧いてくるななんて思っていると、「お待たせ」と、人が駆け寄る気配がした。

「ごめん、遅くなって」

「ううん、全然待ってないよ。ごめんね、こっち側まで来てもらっちゃって」

「いや、それは全然いいんだけど」

緋月くんが後ろ髪をかきながら、少しだけはにかむ。

「昨日の今日で、連絡貰えると思ってなかったから。昨日はごめんね」

「ううん、私こそ」

昨日、咄嗟《とっさ》にうまいことが言えず、ただただ彼を見送るだけしかできなかったことが申し訳なくてたまらない。

──私に、できるだろうか。でも、やらなくちゃ。

どこかで隠れて見ているはずのティレニアの存在に心を支えてもらいながら、私が「じゃあ、入ろっか」と喫茶店の入り口を指した、その時だった。

「はい、ちょっと待った」

後ろからがしりと肩を掴まれ、私は思わず文字通り飛び上がる。

なんか今、ここに居るはずがない人の、もの凄く聞き覚えのある声がしたような。……幻聴？

恐る恐る振り返ると、学校の制服姿の蒼井くんがそこに居た。走って来たのか、息が少し上がっている様子だ。

「……あ、蒼井くん？　なんで？」

「なんではこっちの台詞なんだけど？」

肩から手を離されたと思いきや、今度はなにやら呆れたような一瞥が飛んでくる。

「バイト前に寄り道？」

「いえあの、これはその」

これはあれか、途中で姿を見られていたパターンか。冷や汗をかきながらなんと言ったらいいか、私が懸命に無い頭を巡らせていると。

「うん、バイトまでまだ時間あるしね。よかったら悠斗もどう？」

緋月くんが何やらにこやかにそう提案し始めて、私の中の焦りが一層募る。

ちょっと待ってほしい、これは完全に予想外だった。

でも「バイト前に寄り道か」なんて眉を顰めるくらいだし、蒼井くんは「さっさと帰ろう」と言うかもだし、そうしたらまた仕切り直しを……なんて思っていた矢先。

「……おー、行く」

なんですと？

頷く蒼井くんに私が硬直する前で、男子二人は喫茶店のドアを開けて中へ入っていく。

ちょっと待て、蒼井くん。寄り道には反対なんじゃなかったのか。

そう思いつつ、私は痛む頭を抱えて二人の後を慌てて追った。

様々な種類のケーキが並んだショーケースの前を通り、ソファー席の通路を進むと、広く奥まで続く喫茶店の店内が視界一杯に広がる。

ミルクチョコレート色の革張りのソファーに、白と茶色を基調とした店内。大きな窓からは四季折々の花が咲く中庭が見える。奥の窓際には緑が一杯の風景が見え、入り口付近はレトロで純喫茶風の雰囲気で。どの席に座っても落ち着いていて居心地の良い喫茶店だ。

なぜか無言で場所を空けてくれた蒼井くんの隣の席に私は座り、私たちはソファーテーブル席に腰を落ち着ける。

「ここ、ホットケーキが有名だよね」

「らしいね。だけどプリンもパフェも捨てがたいしなあ。サラちゃんは？　何がいい？」

「……えーと……」

何やらごく自然にメニューを見て注文のセレクトを始めた男子二人。状況についていけていない私。そんな布陣で、あれよあれよという間にいつの間にか注文が終わり。

「……で？　なんで二人がデートしてんの？」

何気ない調子で、蒼井くんがテーブルの上に頬杖をつく。凄くさらりと言われた「デート」という言葉が、なぜだか胸に突き刺さった。

いやこれ、断じてデートではないのだが。それよりも深刻さマシマシの会談になる予定、だったのだけど。

「昨日サラちゃんと話したから、その流れで」

後から説明しよう、そうしよう――そんなことを画策する私の前で、緋月くんがまたもさらりと蒼井くんに返す。

「……へえ？」

私が何か言う前から、蒼井くんの視線を隣から感じて、私はこんな時だと言うのにカチコチに固まっていた。どうしよう、蒼井くんの反応、さっきから見るのが怖くてたまらない。

普段、硝子館以外では、私が蒼井くんと個人的な話をすることはあまりない。学校でも席が前後とは言え、雑談程度くらいの会話しか交わさないし、ましてや硝子館の話をするわけにもいかず。

隼人さんとティレニアには報告しているし、話はもしかしたら蒼井くんにも伝わっているかもしれない。あとで色々無事に終わったら、蒼井くんにも直接自分からちゃんと話そう。そう、思っていた。

「そういや、昨日シフト二人とも入ってなかったっけ」

「そう、だから休日デートしてたの。いいでしょ」

「いえあの、デートでは」

デートでは、ない。緋月くんの言葉に対してそう修正を入れようとしながら、私の中で少しばかりの躊躇いが発生した。

茶化して場を濁す、敢えて冗談のようなことを言って場の空気を緩和させる。いまの緋月くんの言葉はそういうタイプの会話の流れのようにも思えるし、ここでムキになって全面否定すれば、「なにガチレスしてんの」みたいなことになるのでは？

今までの人生、他の場面で返すべき言葉を間違えて真剣に返してしまい、「真面目だね」「まさかのガチレス」なんて言われることはまあ度々あった。そんな苦い記憶がよみがえる。

会話って難しい。ああ、ノリのいい人との何気ない会話スキルが欲しい……！

「……」

私が躊躇っている間に、蒼井くんはコップに入った氷入りの水を無言で飲み、それを置いてから再び口を開いた。

「史也さあ」

水の体積が減ったグラスの中で、氷がカランと音を立てる。

「困るんだよね、勝手にうちの店員引き抜かれちゃ。――それと、桐生さんさ」

「は、はい!?」

固唾を呑みつつ、必死にこの状況を把握しようと努めている最中に突然の指名が来て、私は思わずびくりとその場で居直る。

「ホウレンソウはちゃんとしてね?」

「ほ、ホウレンソウ……?」

何の話だ、野菜の話? 固まる私に、蒼井くんが「報告・連絡・相談のことな。略して報連相」と付け加える。そして彼は私が口を挟む間もなく、緋月くんの方へ向き直った。

「昨日の『休日デート』で二人がしてたらしい話、うちのティレニアがこっそり全部聞いててさ。悪いね、二人とも」

やっぱり、ティレニアから蒼井くんへも報告は上がっていたらしい。そりゃそうだ。だけど今日、蒼井くんは硝子館で店番で、こっちで緋月くんの相手をするのは私(といざという時のために隠れているティレニア)という手筈のはずで。

「……ああ、そうなんだ?」

しかも、想定外かつ直球をぶん投げる蒼井くんに私が混乱しているそばから、緋月くんはなぜだかからからと笑い始めた。彼は「全部筒抜けってわけね」なんて言いつつ、ソファーの背にゆっくりともたれる。

その随分とあっさりした態度に、私はわずかに目を見開いた。

「『そうなんだ』じゃなくて、最初から知ってたろ」

「あー、まあね。サラちゃん以外にも誰か魔力持った奴がずっと、やたらと近くにいるなあとは思ってた」

「え、あの……？」

どういうことだと口を開こうとすると、緋月くんは「俺、結構勘は鋭い方なんだよね」だなんて言いながら、いつもどおり軽やかに笑った。

「あんまり魔力持ちが多いと、気配が濃くなるから鈍るんだけどさ。今は魔力持ちが二人も俺の前に居るから、ちょっと分かりづらいや。今日も黒猫くんは近くに居る？」

「さあ、どうだろうな」

「あ、そこはぐらかすんだ」

「はぐらかしてんのはそっちだろ」

互いににこやかな顔ながら、そこに漂う空気はどこか張り詰めているような気がして。どうしたものかと戸惑っていた時、ちょうど店員さんがこちらにやってきて、「お待たせしました」と、注文したメニューをテーブルに並べだしてくれた。

「あ、ありがとうございます」

テーブルの上を整理し、慌ててスペースを空ける私の隣で、蒼井くんがにっこりといわくありげな微笑みを浮かべ。

「前から色々言いたかったんだよね。ちょっと腹割って話そうか」

「いやー、怖いな。いままで腹割って話してこなかったってことだよね、それ」

そうして私たちは、今ここにテーブルを挟んで対峙していた。


「まあとりあえず、折角だし冷める前に食おうか」

鎌倉のイワタコーヒー名物の、厚さ四センチはあろうかというほど分厚い二段重ねのホットケーキ。手際よくてきぱきとホットケーキにナイフを入れ始める蒼井くんに、緋月くんは「え？」と少し戸惑ったような声を出す。

「今さ、結構真面目に話する流れじゃなかった？」

「まあまあ、とりあえず食え。話はそれから」

そんなことを言いながら、あっという間に蒼井くんはホットケーキを三等分に切り分けた。バターも均等に切り分け、「あとはお好みで」とメープルシロップの瓶を、テーブルの真ん中に置いて。

「ほら、桐生さんも食って」

蒼井くんはそう言うなり、自分の分を一口大に切って食べ始めた。一体彼は何をしようとしているのか、先が読めないけれど。

「い、いただきます」

蒼井くんがすることには、たいてい意味がちゃんとあって。私は彼に促されるまま、まずはホットケーキを食すことにした。

分厚くて食べ応えのある、出来立てのホットケーキ。ホカホカの表面にバターを滑らせ、温かいうちにじんわりと溶かし、メープルシロップと共に生地に染み込ませる。

「ん、美味しい……！」

ザクッとした食べ応えの外側の生地と、しっとり仄《ほの》かにふんわりした中側の生地、二種類の食感が、ほんのり甘さ控えめの生地とメープルシロップ・バターのジューシーなコンボと共に口の中に広がる。

それを味わった後にすかさず、きりっと冷えたアイスコーヒーを啜ると、甘さと苦さの絶妙なコンビネーションが訪れるという完璧な布陣。これはいつまででもエンドレスでいけそうだ。

「ほんとだ、うま」

「ほら、こっちも食え」

私たちに続いてホットケーキを口にした緋月くんへ、蒼井くんはプリンと季節のパフェ——メロンのどっさり載ったパフェの器をずいとスライドさせる。

「……悠斗、さっきからなんなの？　何したいのか全然分からないんだけど」

「へえ？　俺はお前の方が訳分かんないけどね。やり方が色々ちぐはぐすぎて」

「……やり方？」

緋月くんがぴくりと眉毛を上げ、食べる手を止める。

「そもそもさ、黙ってりゃ良かったんだよ。もっとバレないようにすれば良かった」

「……何が」

「『裏の鍵』だよ」

そう言いながら、蒼井くんがカバンの中から『鍵』を取り出す。

ミントグリーンガーネットが持ち手に煌めく、銀色の鍵。昨日ティレニアと別れる前、私が彼に預けた鍵だった。

「本当に譲れない信念があるのなら、黙って実行すればいい。そうすれば、少しでも明るみに出るのを遅らせながら、お前は店に来たお客さんの『復讐』を手伝うことが出来る。なのに、なんでそうしなかった？　この『裏の鍵』だってこっそりお客さんに先に個人的に声をかけて回収すりゃよかったのに、桐生さんの手元に渡るまで黙って見てたのもおかしい。鍵の存在の発覚も、そのネタバラシも、あまりにあっさりしすぎてて違和感しかないんだよ」

確かに、蒼井くんの言う通りだ。緋月くんは、この『裏の鍵』がまずいものだと言うことを分かっていてこれを作ったと言っていた。

——そして、魔法を自己都合で使った宝石魔法師には、ペナルティが待っているとも。彼自身が、そう言っていたのに。

「……そういえば、どうしてわざわざ、自分自身がペナルティを食らうって分かってることを、私相手にあっさり全部話したの？」

『裏の鍵』のことを私に話せば、そこから硝子館の面々にすべてが伝わるリスクがあることは分かっていたはず。

「さあ、なんでだと思う？」

「またお前は……」

にこりと微笑み、はぐらかす姿勢を見せる緋月くんに、蒼井くんが呆れた声を出す。その横で、私はじっと緋月くんの耳を見つめていた。

「……誰かに、気付いてほしかったから、とか」

彼の耳に、出会った時からついている白黒マーブル模様の石のイヤーカフ。それを見ながら、私はゆっくり呟く。

イヤーカフに嵌まっている石の黒い陰部分は、明らかにこの前よりも深く、広く、白い地の石を侵食していっていた。

何か、何かヒントになるようなことを、私は見落としてはいないだろうか。

——『うちの店に来てほしい。そうしたらこの先も、何とかやって行ける気がする』

——『……俺の話最後まで聞いてくれるって思ってたから、この話もサラちゃんにしかしてない。家族にも、悠斗たちにもしてない』

何とかやっていける、家族にも話してない。彼自身の『家業』である家について、どこかマイナスに感じる感情が、見え隠れしているのは気のせいだろうか。

「緋月くん、もしも間違ってたらごめんね。……もしかして、ご家族と何か、あったりした？」

人の心を救う、宝石魔法師。赤の宝石魔法師が、一体どんな一家なのか。私はそれを、ちゃんと知らない。

「何かっていうか、何と言うか。まあ何かはあったよ、俺そもそも家から追い出されてここに居るし」

「え、追い出された……？」

「うん、まあ俺が自分自身を送り込んだ、って方が正しいかな。『裏の鍵』作ったのがバレて、その反省として一から修行しに行きたいって言ったらとんとん拍子に。ま、あの人たち俺のことどうしたらいいか分かんなくなったんだろうね。ちょうど、他の宝石魔法師の店がどんな感じか興味もあったし俺はいいんだけど」

肩を竦める緋月くんに、今度は蒼井くんが眉を顰めた。

「え、じゃあお前のとこの親には『裏の鍵』の存在バレてんの？　にしては何も通達ないけど。それ、協会にちゃんと報告されてる？」

「まだしてないね。様子見ってとこじゃない？　うちの家、体面やたら気にするから」

はは、と乾いた笑い声で、緋月くんはホットケーキを一口食べる。

「……お前んとこ、厳しいもんな」

事情を知っている蒼井くんはそれだけで分かったらしい。言葉に詰まった私を気遣ってか、緋月くんは「よくある話だよ」と苦笑しながら口を開いた。

「あるところに、一家揃って優秀で人間の出来ている家族がいました。……それに馴染めなかった子供が、息苦しい思いをしてました——そんな、ありふれた話だよ」

あっけらかんとした、淡々とした物言い。だけれど緋月くんの顔は、どこか疲労を滲ませているようにも見えて。

彼の耳には濁った色の『心の宝石』が見えているのに、『ありふれた話』として、緋月くんは語る。

「……緋月くん、それはありふれてないよ。全部、人によってそれぞれだもの。『ありふれた話』なんて、ないと思う」

彼が一体何を抱えているのか、それを引き出すことができたなら。

「……やっぱり、サラちゃんは真面目だなあ」

そんなことを言いながら、緋月くんは苦笑して。そしてアイスコーヒーを啜って、ため息を一つ零した。

「――そうだなぁ。俺の家族ってみんな優秀な宝石魔法師でさ。まあ小さい頃から家業を見てて、物の見事にメンテナンスをしてみせるところは嫌というほど見てきてて。兄なんかさ、家のためにパティシエ修業までしてくるし、そのくせ魔力も強くてさ……俺もさ、今まで店員としてやってきて、まあ自分で言うのもなんだけど、人の求めてるモノを考えるのは得意だから――天職なんじゃないか、って思ったこともあったよ」

昔はね、と緋月くんは薄く微笑む。

「だけどさ、いつしかそこが息苦しくなってきたんだ、なぜか。家にいると、息が詰まって仕方がない。なんでかなって、考えてみたんだけどさ」

多分、ずっと引っかかってるんだよね、と彼は続けた。

「俺、似てるんだって。俺の父親が嫌いな、いい加減で放蕩者《ほうとうもの》で周りを振り回す、俺の祖父《じい》さんに。随分奔放《ほんぽう》でどうしようもない人だったみたいでさ、気質に難ありで宝石魔法師にはならなかったらしい」

だから、『ああはなるな』と、ずっと言われて育ってきた。

誠実であれ。人を傷つけるな。真摯に向き合え、いい加減な人間にはなるな――それは確かに正しい教え。そのことは、自分でも十二分に分かっていた。

「俺は、ちゃんとした人間にならなきゃいけなかった」

親の教えを裏切らないために。望みを裏切らないために。祖父のように、家族を傷つけないように。恥じないような人間にならなければ。

――昔から、相手の様子や表情などから『言ってほしいこと』、『してほしいこと』を認識する能力が、高い方で。

人の求めていることは、親の求めていることは、何となく察することが出来たから。

それは宝石魔法師の仕事をするうえでも、学校で人と接するときにも、役に立った。

傷ついている人、傷つけられた人。孤独を感じている人、救いを求めて独りあがく人。

色んな客を見つめてきて、会話をして、相手にとってどんな言葉が、救いが必要なのかを見極めて、そして救う。メンテナンスをする。

「凄く、充実感があったんだよね。こういうのもなんだけど。人の役に立ててるってことは、自分がここにいていい理由にもなる気がするし。……だけど、ある時思ったんだ。俺のやってることって、俺が考えながらやってることって、果たして『正しい』のかなって」

――お客さんの言葉と場の空気を読んで、適切な言葉を、救いの手を提供する。「こうすればいいんだろうな」と思って、上手くやっている気になったり、自己満足でおせっかいをした挙句、相手が自分を見てくれていることに満足して。

「……結局のところ、俺って自分のために、ただこれをやってるだけなんじゃないかって思い始めたら、もう駄目だった。救いを求める人に手を差し伸べてるつもりで、ずっと『俺、正しくやれてるよな』って確認してる自分に気づいてさ。自分に嫌気がさした」

――心の宝石のメンテナンスを完了して、人の宝石が綺麗になった時の達成感。

「ありがとう」の言葉と、感謝の感情。

それらが降ってくるたびに、自分は正しいことをしているのだと、誇らしく思っていた時もあった。

孤独を救って、人の心が開かれるたびに、何かを許された気分になった。

でも、これって。

これは、宝石魔法師として『正しい心の在り方』なのか？

ただただ、『偽善』って言うんじゃないか？

自分は自分を肯定するために、安心するために、人に良い顔してるだけの利己的な人間なんじゃないか？

「俺、人の心を開くことで、これでいいんだって、空っぽの自分の在り方をただ肯定してただけなんじゃないかって。自分がしたいことも、自分がどんな人間なのかも俺はよく分かってないんだ、多分。人から見える自分しか気にしてこなかったし、『人の好い自分』であれば周りから認められると思って、動いてるだけの、利己的な人間なんだ」

自分の在り方は、これでいいのか。これで正しいのか。

そもそも『人を傷つけない生き方』とは、どんな生き方なのか。

本当に人のことを思うのなら、人の目なんて気にしないで本能的に『良いこと』ができるんじゃないか？　こんなエゴの塊みたいな自分と違って。

ただただ認めてもらいたくて「良いやつ」のフリをしている、こんな自分と違って。

「そんなこと考えながら仕事を続けてるうちに、訳が分かんなくなってきて。そもそもこんな適当で偽善者で利己的な俺が、やっていい仕事じゃない。でもさ、こんな迷ったままで空っぽな人間が、人の心のメンテナンスなんか、できるわけないだろ？」

――こんな自分には、人と向き合ってその手を取って救うような、そんな資格はないんじゃないか。段々と、そんな思いが降り積もって行って。

「そんな時、ずっとそう思いながら仕事を続けてきて、色んな傷ついた人を見てきて、世の中不公平だよなって、ふっと思ったんだ。店に来るお客さんはみんないい人で、優しくて、それこそ人間的に『正しく』生きてても、不公平な目に遭ってる。『正しい』って、護ることにどんな意味があるんだろうとか、どうして傷ついた側が自分から動かなきゃいけないんだとか、そんなこと考えるようになって――それで出来たのが、その鍵」

――かけられた呪いを、かけた側に返す。彼が作ったのは、それが出来る鍵。

――ほら、本当の俺は、全然良いやつなんかじゃない。こんなことまで考えてしまう人間なんだから。

その鍵に彼自身の悲鳴と切実な想いが込められている気がして、私は思わず息を呑んだ。

「ま、親父たちには散々、それで責められたけどな。分かっちゃいたけど、やっぱり考えたらいけない類のことだったたっぽくてさ」

そうか、この鍵は彼の言えなかった『本音』が、きっと込められている。今までずっとずっと抑圧してきた彼自身の想いや考えが、存在していいと認めてもらえなかった想いが。

考えて、独りぼっちで考え続けて、緋月くんは今回の事態を引き起こした。

「……緋月くんは、共感能力本当に高いよね。しかも空気が読めるし頭の回転も速いから、相手が何を考えてるか常に想像しようとできるし。それって凄いことだよ、緋月くんに悩み相談してた人は本当に救われてたと思う。それに、人の為に何かしてあげられないかって考えて、人の為に怒ることができる時点で、十分素敵な人だと思う」

私は思わずそう言っていた。

だって。自分の悩みを的確に掬い取ってくれて、話を聞いてくれる。それだけでも、人は救われることがあるのだから。

誰か救おうとしてくれる人の存在自体が、救いになることだってあるのだから。

「……急にべた褒めするじゃん」

隣で蒼井くんがどこかむすりとしたような表情で呟きつつ、「ま、そうだな」とため息をついた。

「ダイヤモンドクオーツの石言葉は『知恵』と『直観力』だし。まあ癪《しゃく》だけど、その通りなんだろうな」

そう言いながら、蒼井くんはやおら制服のポケットから黒いビロードの小袋を取り出し、それを逆さに開ける。

「……は？」

氷のように澄んだ輝きと、スタイリッシュなシェイプの宝石。透明感あふれる澄み切ったその宝石を見て、緋月くんは迷子の子供のような顔をして、口をつぐんだ。

「史也お前さ、我慢しすぎなんだよ。自分で気づいてないっぽいけど」

どこかで、ついこの前も聞き覚えがあるような、グラスの氷がひび割れるような『パキ』という音がした気がした。

「そういうのって積み重なって来るから。自覚した方がいいよ、気が付かないうちに限界来るほど参ってるって。ほれ、これお前の『心の宝石』な」

コト、と蒼井くんが続けてテーブルに置いたのは、緋月くんのイヤーカフについている石と同じ汚れ具合のダイヤモンドクオーツで。

「……え、俺メンテナンスされる側なの？」

どうやら全く予想していなかったらしい。彼は驚愕に数秒目を見開いたあと、俯いて顔を両手で覆った。

「……マジか。はは、宝石魔法師のくせに情けな……」

「別に情けなくないけど。俺だってこの前、される側に回ったばっかだし」

緋月くんが無言でゆるゆると顔を上げる。対する蒼井くんは、眉間に皺を寄せながら腕組みをして答える。

「あのな。完璧に正しい人間しか宝石魔法師になれないんだったら、この世の誰もなれないよ。まずそんな人間いないし、お前は自分を追い込みすぎ。しかも自分がどう思うかは言わないで、空気を読むタイプな上に、言いたいことも思っていることも、全部ため込んで気味悪い笑顔で誤魔化すタイプだから、なお性質《たち》悪いな」

――我慢しすぎると、潰れるぞ。

そう言って、蒼井くんはアイスコーヒーを一口飲む。

「そうだね、その通り。宝石魔法師ったって人間だし、そんな完璧な人間しかなれないなら僕みたいなのがいるのはおかしくなるねえ。あ、メロン貰うね」

声と共にひょいとフォークが伸びてきて、パフェのメロンを一切れかっさらっていく。

「は?」「え?」「は、隼人さん……?」

私たちがいつの間にやら現れた隼人さんに驚愕していると、今度はその後ろから「それ、自分で言うのもどうかと思いますけどね」と人間姿のティレニアが姿を現した。

「ま、史也さん。そういうことです、あまりご自分を追い込まれませんよう。完璧な人間など、いないのですから。みんなどこか、利己的な部分や『変』なところ、歪《いびつ》な部分はあるものですよ。ここに居る方々がいい例です」

「は、え、どちらさまで……？」

黒髪に青色の目の美青年を前に、緋月くんはぽかんと呆気に取られた様子を見せている。

私と蒼井くんは、その光景に顔を見合わせた。

「改めまして、ティレニアと申します。こちらの姿に変身できることはお客様以外、身内にしかお知らせしていないもので。どうぞよろし……って、痛いですよ悠斗」

「今、しれっと俺たちも含めてディスったよな」と、ティレニアの左頬を蒼井くんがつまむ。「なーにが変なところや歪な部分だ。言ってみろ、ええ？」

「ああ、正にそういうところですね」

「ね、ほら。結構いつもこんな感じだから」

言い合いを始めた蒼井くんとティレニアをよそに、隼人さんが緋月くんの隣に座り、パフェを食べながらそのスプーンをちょいと振った。

「……そうなんですか？」

「そうだよ。だいぶいい加減でしょ？」

「……ははっ。はい」

しれっとパフェを食べる隼人さんの横で、緋月くんが目をやんわり細めて微笑んだ。

「……でも、羨ましいっすね。俺、家族でこんなふうに騒げたこと、なかったんで」

「おや。そうなのかい？」

「はい。まあ、家族を尊敬してはいますけど、していいのか分かんなくて、本音でのやり取りってしたことほとんどないので」

本音でのやり取りを、したことがない。その言葉がやけに耳に残る。

「それはあれかな、本音を言ってどう思われるのか、自分はちゃんと『正しい』のか、失望されるのが怖いから、ってことかな」

「……はい、そうです」

「なるほどねえ」

軽い調子で緋月くんにのほほんと返しながら、隼人さんは人差し指を一本立てた。

「君に一つアドバイス。『考える』ことと、『それを外に出して行動する』ってことは全然違うよ。人の『考え』を制限する権利は、その人以外の誰にもない。何かを考えた時は、『考えちゃ駄目』とか、『こんなことを考える自分は駄目』とかじゃなくて、『どうしてそう考えたのか』の、自分の自覚を大事にしてあげて。それを無視し続けると、いつか心が、ぽっきり折れてしまう時が来る」

「……はい」

流石は隼人さんだ、あの緋月くんが真剣な表情で頷いている。真面目な内容を話しながら食べているのは、私たちが注文したパフェだけど。

「あとはあれだね、やっぱり家族とかには言いづらいこととか、話せないこととかってあるもんだからさ。良かったらいつでもこっちにおいで。歓迎するよ」

「……え、ホントですか」

「ほんとほんと。なんならこっちに移籍しちゃう？　君のその才能、眠らせとくのはもったいな……痛いよ、ユウくん」

「叔父さん、しれっと何の相談もなく勧誘すんのやめてくんない？　メンテ終わったし、まずはこっちだろ」

　いつの間にやらティレニアとの言い争いが終わったらしい蒼井くんが、叔父さんの肩に手刀を食らわせ、元の位置にまで戻る。その手のひらには、咲き誇る薔薇のような、強く赤い光の宝石が載っていた。

「蒼井くん、その宝石って……？」

「ああ、ルビーだよ。あいつの護り石」

　そうあっさりと言って、蒼井くんは「おい、史也」と顔を上げる。

「お前、カバンの底に金の鍵あるから返せ。護り石と交換してやる」

「……ああ、そういうことね。やられた」

　苦笑しながら、緋月くんはカバンの中から、金の鍵を取り出す。その持ち手部分にある宝石は、先ほどの蒼井くんが持っていた宝石と同じ、赤色で。

どうやら私が知らないうちに、蒼井くんは緋月くんの『心の宝石』のメンテナンスを始めていたのだと、私はその時初めて知った。

――ルビーの宝石言葉は、『勇気』、『自由』、『情熱』。これからこの鮮やかな真紅のネオンを宿す、燃えるような色の宝石が、緋月くんの進む道を手助けしてくれるだろう。

人と本音で関わるための、向き合うための一歩を踏み出す勇気、『好きに考える』自由、そして、情熱を燃やせるほどの、自分自身の、強い意志が持てるよう。


「……桐生さんさ、さっき史也に何か言われた？」

喫茶店でのすったもんだがあった後の、硝子館への帰り道。一行のしんがりを務める私に向けて、蒼井くんが振り返ってそう聞いてきた。

「言われたこと……ああ」

――先ほど、喫茶店を出てすぐのこと。緋月くんが私に言ってきたこと。

『サラちゃん、ごめんね色々と』

『え、何が？』

『俺、色々引っ掻き回しちゃったし、サラちゃんのこと試すような真似したから』

『待って待って、何の話？』

試された記憶などないのだがと目を丸くする私の前で、緋月くんは気まずそうな顔で髪をかいた。

『その……俺、一方的になんだけど悠斗のことは友達だって思ってるし、心配だからさ。悠斗の傍にいる子、どんな子なんだろうって様子見してたんだよね』

『そ、そうだったんだ……』

果たして私は彼のお眼鏡に適ったのだろうか。そんなことを思いつつ、今言われた言葉に引っかかった私は「ん？」と首を傾げた。

『その、一方的に友達、っていうのは……？』

『だってあいつ、俺のこと嫌いだから。苦手なのかもしれないけど』

『え、なんで？』

予想だにしなかった言葉に、私は思わず素《す》っ頓狂《とんきょう》な声を出してしまった。

『蒼井くん、緋月くんのことめちゃくちゃ好きだと思うよ』

『……いいよ、気遣わなくて。俺なんて結構初期からあいつに塩対応しかされてないもん。他の奴にはみんなにこにこしてるくせにさ』

『うん、だからそれはやっぱり、緋月くんには心許してるってことだと思うよ。蒼井くん、身内であればあるほどぶっきらぼうな塩対応になる人みたいだから』

『……え？』

呆気に取られた顔をする緋月くん。こんなに驚愕しているのを見たのは初めてかもしれない。

『いや、やっぱそんなわけないって』

なぜか信じられないらしい。そんな彼の前で、私はとあることを思い出す。

『緋月くん、「ハッピーアイスクリーム」って合言葉、知ってる？』

『むしろサラちゃん、よく知ってるね。知ってる人少ないはずだよ』

緋月くんが驚いた顔で首を傾げる。やっぱり、この反応はきっと。

『蒼井くんが教えてくれたんだ、友達から教えてもらったみたいで。その友達って、緋月くんだよね？』

思えば、緋月くんが好きそうな言葉だ。二人同時に同じ言葉を言ってしまって会話が止まりそうな時に、一緒に言って、笑い合える言葉。

それに。親しい友達が使っている言葉なら、つい使いたくなってしまう。蒼井くんもきっとそんな気持ちで、その言葉を私たちの前で口にしたんじゃないだろうか。

『……え、そうなの？　あいつ覚えてたんだ、それ』

『うん。ほら、やっぱり蒼井くんは緋月くんを友達だと思ってるよ』

『マジか……』

　緋月くんは、ひょっとして。人の気持ちには敏感だけど、自分が本当に好きな人のことになると、途端にポンコツになる人なのかもしれない。

　なんだか可愛い人だなと親しみが湧いたことを思い返しつつ、私は思わず微笑んだ。

「話を聞いてくれてありがとうとか、そんな感じのことだったよ。あとは、『引っ掻き回してごめん』って」

「ああ、それは全くその通りだね、ほんとに」

　大きなため息をつきながら、蒼井くんがガシガシと頭をかく。

「……で？　どうすんの」

「え、何が？」

「……バイト！　続けてくれる気ある？」

「え？　う、うん、そりゃ勿論」

　私がこくこくと慌てて頷くと、蒼井くんは大きなため息を吐き出しながらカバンを肩にかけ直した。

「ほんとに、まじでどうしようかと思った」

「ん、何が？」

「桐生さんがあいつの言うこと、真に受けたらどうしようって。元々は俺が無理やり引き込んだようなもんだし」

「……？」

ことごとく目的語がなくて、何が言いたいのかがいまいち分からない。私が首を傾げてその真意を考察しようとしていると、「だからさ」と少し大きくなった彼の声が聞こえた。

「……だから、桐生さんにあっちの宝石魔法師のとこ行かれたら困るって話。俺が魔力付与した意味ないじゃん」

「……え」

今、彼はなんて言った？

彼はいま、「魔力付与をした」と言っていた。おそらくそれは、私の目が隼人さんと同じでそうなったのではなく、蒼井くんが意図して魔力付与が私になされたという捉え方ができるようになる。

「……あのさ、ちょっと聞きたいんだけど」

私がぼんやり思考に耽っていると、蒼井くんは再度躊躇いがちに口を開いた。

「最近俺、桐生さん相手になんかやらかした？」

「へ？　いや特に、何も……？　何で？」

首を傾げると、蒼井くんから眉を顰めた一瞥が返って来た。

「いや、俺にだけ連絡も相談も一切来ないし学校では避けられるし、何でかなって」

「ご、ごめん……」

それは全面的に私が悪い。

「嫌われたのかと思うじゃん」

「き、嫌ってない！　全然！」

「……あ、そう。じゃあこれからも、学校も含めてガンガン話しかけて大丈夫？」

「へあ」

一瞬言葉に詰まった後、私はこくこくと頷く。すると蒼井くんはほっとしたような顔で「よかった」と微笑んだ。

いつものような営業用のスマイルではなく、ごく自然に出てしまったような笑みで。

思わず見惚れてしまうほど、綺麗な笑みだった。

その笑顔を見つつ先ほどの蒼井くんの言葉を反芻して、私ははたと気付く。

今、学校でもガンガン話しかけてくるって言った？

「……毎日一緒に帰ったりとか、しても大丈夫？」

「え」

二度目の衝撃に、私は思わず足を止めかけて。蒼井くんが「しまった」という顔をしたところで我に返り、慌てて「あ、ごめん」と言い募る。

「いえあの、私は勿論いいんだけど、でもそれって蒼井くんはいいんでしょうか……？」

「うん」

返って来たのは頷きと、短い肯定の言葉のみ。

でも、それだけできっと十分だった。

前を歩く三人の背中を見ながら、私たちはどちらからともなく、いつの間にか二人で歩いていた。なんだか微かな緊張感と、浮足立つようなそわそわ感が確かにそこにある。

今歩いているのは、前へとまっすぐ道が延びる、若宮大路《わかみやおおじ》。目の前に、鶴岡八幡宮の赤い鳥居が歩くごとに少しずつ近づいていく。

『前から薄々、思ってたんだけど』

自分自身の落ち着かない足取りから注意を逸らすように、私は先ほど緋月くんと交わした会話を思い出す。

『サラちゃんって、フラグ折るの得意だよなって前から思ってて。自分からバキバキに折りに行くよね』

『……何の話？』

『あ、あれ本気で無意識だったんだ。根深いなー』

なにが根深いんだと眉を顰めた私に、彼は『もしかしてなんだけどさ』と髪をかきながら言ったのだ。

――サラちゃんって、事あるごとに「自分なんか」って思うタイプだったりしない？

「あのさあ」

「ん？」

回想に浸っていた私は、蒼井くんからの呼びかけで我に返る。

「この前、蛍放生祭《ほたるほうじょうさい》やってたの知ってる？」

「あ、そっか、もうそんな時期かあ」

蛍放生祭。毎年、六月上旬に行われる祭儀だ。鶴岡八幡宮の境内の柳原神池《やないはらしんち》にゲンジボタルが放たれ、その後一週間に渡って「ほたる祭り」が行われる。

「いまちょうど、ほたる祭りの時期だね。人が何となく多いような」

灯りを落とした池の周りを一周できるように作られた道で、暗闇を蛍たちが星のように飛び回る光景が見られる祭り。その幻想的な光景はとても人気で、毎年多くの人が訪れる。

夜八時半までやっているから、バイト帰りに少し寄ってみようかな、なんて思っていた時だった。

「うん、だから、よかったらさ」

――サラちゃんにはお世話になったから、俺からもお礼に、一つアドバイス。

「桐生さんが行ける時に、行かない？　ホタル見に」

「……え」

思わず、反射的に「みんなと？」なんて言ってしまいそうな私の脳裏に、緋月くんに言われた言葉が蘇る。

『「自分なんか」って思うタイプだったりしない？』

勇気を出して顔を上げてみると、蒼井くんは前を向いて歩いていたけれど——その耳は、ほんのり赤くなっていて。

——「自分なんか」なんて思わないで。卑下することに慣れないで。君も、幸せになっていいんだから。

ありがとう、緋月くん。今、期待しているこの瞬間、私はとても幸せかもしれない。

「うん、行きたい。いつ行こうか？」

ありがとう、私に踏み出す勇気をくれて。

「桐生さんさえよければ、今日でもいつでも。……あいつらにバレると絶対ついて来られるから、前歩いてるメンツには秘密でよろしく」

そんな答えが、頬をかきながら返って来る。どことなく緊張感の漂う空気だけれど、嫌な感覚でないそれは、どこか心地よさもはらんでいて。

「分かった、りょーかい」

夕焼け迫る空の下、後でまた二人で来る約束をした場所の、鳥居の前で。

私たちはひっそり二人きりで笑い合う。

「おーい二人とも、早く帰るよー」

数メートル前から、こちらへ呼びかける隼人さんの声が聞こえて。

「はいはい、行くっての」

「すぐ邪魔しやがって」とぶつくさ呟く蒼井くんの隣で、私は思わず微笑んでしまう。

あったかくて、ざわざわして、落ち着かないけれど心地良い。そんな不思議な気分に浸りながら。

「……じゃ、行こっか」

「うん」

彼から差し出された手を握って、私は硝子館への道を、再び二人で歩き出した。

fin.

あとがき

お久しぶりです、お元気でしたでしょうか。前巻の物語を書き終えた後、まだまだお話したいことがあるなあと思っていたので、皆様にまたお会いできてとても嬉しいです。それもこれも、応援して下さった皆様、この物語に関わって下さった皆様のおかげです。本当に本当に、ありがとうございます。

さて、今回のお話はいかがでしたでしょうか。舞台は紫陽花が咲き誇る、春と梅雨の過渡期の鎌倉です。梅雨の到来も間近ということで、雨が多くお話に出てきます。

雨。そう、雨です。雨といえば、昔から「止まない雨はない」という言葉をよく聞きます。それとよく似た「明けない夜はない」という言葉も。両方とも、『悪いこともいつかは終わる、だからきっと大丈夫だ』と思わせてくれる、とても素敵な言葉です。

ただ、自分自身がその雨や夜の中に居た時、私はこうも思っていました。

『この雨はいつ、止むんだろう。朝はいつ、来るんだろう』。

止んだ雨も夜明けも、それはその出来事を乗り越えた時にやっと出てくる言葉で。渦中にいる時はゴールが見えない、だから尚更苦しい。

苦しくて、でもどこにも想いを吐き出せなくて。もはや明日が来ることが嫌で、ずっとこのまま、朝が来なければいい——そう思ったことがあったから、助けて欲しかったことがあったから。だからこの物語で悠斗たちのような存在を、願いを込めて書いています。

頑張る人が、どうか報われてほしい。理不尽な現実で辛い思いを抱える人の明日に、良いことが起こってほしい。そしておこがましい話ではありますが、もし辛くなったら思い出してもらえたらとも。あなたが元気でありますようにと願う人間がここに居て、更紗も悠斗も隼人もティレニアも、そして史也も、みんないつだってあなたを応援しています。

最後になりますが、この物語を支えて下さったすべての方に、最大の感謝を。

編集担当の尾中さま。何度も壁にぶつかる私を、温かく優しいお言葉で導き、支えて下さったおかげで、こうしてまた物語を紡ぐことができました。厚く御礼申し上げます。

装画をご担当して下さった前田ミックさま。今回の装画も素晴らしすぎて、見た瞬間、語彙力が吹き飛びました。夢のように美しいイラストを、本当にありがとうございます。

出版社の皆様。デザイナー様。校正様。書店様。そして、今読んで下さっているあなた。硝子館のみんなの傍に居て、支えて下さって、本当に本当に、ありがとうございます。

どうか、皆様の明日に、その先に。宝石のように煌く、素敵な未来が訪れますように。

二〇二三年四月吉日　瀬橋ゆか

ことのは文庫
鎌倉《かまくら》硝子館《がらすかん》の宝石《ほうせき》魔法師《まほうし》
雨《あめ》の香《かお》りとやさしい絆《きずな》

2023年4月27日　初版発行

著者　瀬橋《せはし》ゆか
発行人　子安喜美子
編集　尾中麻由果
印刷所　株式会社広済堂ネクスト
発行　株式会社マイクロマガジン社
URL：https://micromagazine.co.jp/
〒104-0041
東京都中央区新富1-3-7 ヨドコウビル
TEL.03-3206-1641 FAX.03-3551-1208（販売部）
TEL.03-3551-9563 FAX.03-3551-9565（編集部）

本書は、小説投稿サイト「エブリスタ」（https://estar.jp/）に掲載されていた作品をシリーズ化し、新たに書き下ろしたものです。
定価はカバーに印刷されています。

ISBN978-4-86716-414-3　C0193
乱丁、落丁本はお取り替えいたします。